Über dieses Buch Dreizehn extreme Texte vereint dieser Band. Dreizehn Texte über den Körper als unberechenbarer letzter Bewahrort, in dem sich jede Erfahrung sichtbar niederschlägt. Sie erzählen von verirrtem Schmerz, verdrängter Sehnsucht, von Wunden als Folgen einer Lebenshaltung, die den Geist vergiftet und den Körper zeichnet. Zum Beispiel:
»Schreiendes Gras«: Eine flüchtet aus der Realität in den spektakulären Zustand wahnhafter Einbildung. Die Erfindung eines grausamen Theaters gegen die Öde des Alltags?
»Die Macht des Kopfkissens«: Am Anfang war der Apfel. Eine Frau verfolgt ihren Mann in einer ironischen, ätzenden Non-Stop-Fütterung.
»Vermächtnis des Körpers«: In einem Rondo dezimiert eine ihren Körper über eine tragische Eßstörung bis an die Grenze der Unsichtbarkeit.
»Die Stunde des Hahns«: Ein Junge, mitten in strotzender Pubertät, betritt um »12 Uhr mittags« eine Badeanstalt und verändert sie im Nu durch seine pure, wenn auch noch ungare Männlichkeit.
»Im Spion«: Eine Frau zieht sich in ein Haus zurück und verfolgt die Bewohner bis tief in ihr totes Leben. Erbarmungslos blickt sie durch einen imaginären Spion, der die Wände niederreißt und quälend-banale Lebensgeheimnisse bloßlegt...
»Alles ist Körper«: Jutta Heinrich erzählt beklemmende Geschichten über uns und unsere alltäglichen Erfahrungen.

Die Autorin Jutta Heinrich, geb. 1940 in Berlin, arbeitete in verschiedenen Berufen und Branchen. Ab 1972 Studium der Sozialpädagogik, ab 1975 der Literaturwissenschaft/Germanistik. Seit 1975 freie Schriftstellerin. Ihr erster Roman »Das Geschlecht der Gedanken« (Fischer Taschenbuch, Bd. 4711) erschien 1977, 1981 ihr Buch »Mit meinem Mörder Zeit bin ich allein« (Fischer Taschenbuch, Bd. 3789), 1987 »Eingegangen«. Mehrere Theaterstücke, zuletzt »Männerdämmerung«. Seit 1988 Lehrbeauftragte an verschiedenen Universitäten. Mehrere Stipendien und Auszeichungen, zuletzt erhielt Jutta Heinrich 1989 einen Literaturpreis der Stadt Würzburg für ihre (im vorliegenden Band enthaltene) Erzählung »Im Spion«. Die Autorin lebt in Hamburg.

Jutta Heinrich

Alles ist Körper

Extreme Texte

Fischer Taschenbuch Verlag

Die Frau in der Gesellschaft
Lektorat: Ingeborg Mues

Originalausgabe
Veröffentlicht im Fischer Taschenbuch Verlag GmbH,
Frankfurt am Main, Februar 1991

Umschlaggestaltung: Friederike Simmel
unter Verwendung eines Bildes von Edda Rosemann
Gesamtherstellung: Clausen & Bosse, Leck
Printed in Germany
ISBN 3-596-10505-6

Inhaltsverzeichnis

Vermächtnis des Körpers

»Nur die Verschwundenheit ist die schönste Schlankheit ...«

Ich wache überhaupt nur auf, um mich im Körper wiederzufinden. Jeder Tag ist Körper – von früh bis spät, keine Sekunde, die nicht Körper ist. Im Körper oder aus dem Körper heraus. Ich wache nicht auf, um aufzuwachen, sondern um mich wieder als Körper zu fühlen. Das Schrecklichste: der Körper, und alles ist Körper.
Warum wird man nicht kleiner oder größer, länger und schmaler, immer wird man dicker. Mit jedem Tag, der Körper ist, werde ich dicker.
Ich kann machen, was ich will, nicht essen, was ich will, immer werde ich dicker, nicht schlanker, nicht kleiner, nicht größer, ohne mein Zutun: einfach nur dicker. Ob ich wache oder schlafe, dicker. Ich schlafe nur, um nicht zu fühlen, daß ich dicker werde. Einzige Rettung: Ich fühle es nicht, aber ich werde dicker.
Bin ich erwacht, bin ich Körper und damit auch dicker. Das Schreckliche wacht auf, ich wache auf, der Körper wacht auf und zwingt mich, mitansehen zu müssen, wie alles dicker und dicker geworden ist und wird. Ohne mein Zutun. Das einzige, was ohne mein Zutun wird: Es wird dicker.
Alle lügen.
Jeder Mann, jede Frau, jedes Kind. Alle lügen, nur meine Spiegel nicht und meine Waage. Ich stelle mich vor den Spiegel und weiß, daß er nicht lügt. Das ist das

Schreckliche. Ich sehe mich in dem Spiegel und sehe mein Dicksein. Nicht Dasein, nicht Schlanksein, ich sehe nur das Dicke, das hoch und höher steigt und mich einschließt.
Aber die Spiegel lügen nicht, und alles ist Spiegel. Im Spiegel weiß ich, daß ich wieder wach und da bin, das ist keine Rettung, im Gegenteil. Alle anderen lügen. Sie sehen mich an und reden mit mir. Sie lügen, indem sie mich anschauen. Sie schauen mich an, als sei ich da, aber da ist nur meine Dicke. Ich bin nicht da, wo sie hinreden und meine Dicke meinen. Nichts anderes.
Ich rede nur mit mir, um nicht zu lügen, nur wenn ich mit mir rede, weiß ich, daß es aus mir kommt. Aus niemandem sonst. Alle anderen lügen, aber sie müssen da hinsehen und hinreden, wo ich nicht bin, sie müssen einfach, damit sie mich sehen, mich wahrnehmen, um zu lügen. Und während sie lügen, schauen sie mich an, als sei ich da, aber ich bin weg, da, wo sie hinreden, ist nichts, nur meine Dicke. Ich bin vollkommen eingeschlossen und gleichzeitig vollkommen weg. Aber nie bin ich vollkommen weg, um nicht gleichzeitig dick zu sein. Schrecklich dick – nichts anderes.
Das einzige ist die Waage. Ich wache überhaupt nur auf, um mich zu wiegen, gehe nur aus dem Haus, um wieder zurückzukommen und mich gleich zu wiegen. Sie ist das Wahrhaftigste und gleichzeitig das Schrecklichste. Sie lügt nie. Alle anderen lügen. Sie sagt die Wahrheit, die mir zeigt, daß ich Körper bin, Körper durch und durch – und zuviel.
Ich bin noch nicht ganz erwacht, da steige ich auf die Waage. Die Luft anhalten, ruhig stehen, hinsehen und wissen, daß ich wieder dicker geworden bin. Nicht viel, aber einige Gramme. Das ist zu viel, nie weniger,

immer mehr. Ich kann den Ring abziehen, die Brille absetzen, die Haarklemmen herausnehmen, die Haare abschneiden, es nützt nichts, immer mehr. Ich kann die Luft anhalten, den Atem herauslassen, den Speichel ausspucken, eben auf der Toilette gewesen sein oder nicht, immer mehr.

Ich bewege mich nur, um weniger zu werden. Aus dem Haus gehen heißt, sich gegen die Dicke und das Dickerwerden zu bewegen. Sonst nichts.

Und den Mantel drüber, endlich den Mantel drüber, um nicht den Körper zu fühlen, der nicht aufhört, nicht weniger zu werden. Der Mantel ist nur dazu da, daß niemand sieht, was und wieviel wieder mehr geworden ist, wo sie hinreden, und wo ich nicht bin. Der Mantel wärmt nicht, im Gegenteil. Mich friert, egal, wie dick und wie schwer der Mantel ist. Mir ist immer kalt. Das Dicke wärmt nicht, es friert mich bis dahin, wo ich nicht bin.

Keinen Mantel kann ich lange tragen, weil er schnell beginnt, auch zu lügen. Er verdeckt nicht mehr, sondern immer weniger. Täglich wechsle ich meine Unterwäsche, mein Kleid, meinen Mantel, damit der Körper nicht aus den Stoffen drängt, die Nähte nicht nachgeben oder der Stoff nicht so porös wird, daß ich herausbreche und nur meine Dicke bleibt. Sonst nichts.

Auch alles Reden hilft nicht. Nur mein Selbstreden. Das einzige, was auszehrt. Immer reden heißt, sich in Grund und Boden reden, bis an den Rest, bis an den Boden, wo ich hin will und nicht hin komme, weil da die Dicke ist. Kein Gespräch, kein Reden kann so lang und so tief sein, daß es eindringt. Wenn sie reden, dahin, wo ich nicht bin, werde ich nur unruhig. Die Unruhe

wühlt den ganzen Körper auf und damit die Dicke, mehr nicht. Jeder Muskel und jedes Gramm zieht, und die Dicke nimmt mir die Luft zum Antworten.
Nur wenn ich selbst rede. Immer nur mit mir. Von früh bis spät mit niemandem anders als mit mir. Egal was, nur die Dicke ablassen, damit ich nicht versinke. Das einzige, was hilft, ist mein Selbstreden.
Komme ich in ein Haus, gehe ich in die Bank, sitze ich in einem Café, und sie fragen: »Wie geht es?«, denke ich nur an meine Dicke. Ich kann nichts anderes mehr reden, weil die Dicke redet, nichts sonst. Je mehr die anderen mich anreden, um so weniger kann ich etwas anderes reden als die Dicke und um so mehr werde ich die, die nicht da ist.
Und ich schaue in eine Zeitung, die anderen essen und essen, Kuchen, Schlagsahne und Berge von Eis. Und ich trinke Mineralwasser, Kaffee ohne Zucker und schaue wieder und wieder in die Zeitschriften. Da sind all die Schlanken und die Schönen, die Zarten und die Geschminkten, die Dünnen aus Haut und Muskeln, die Tüchtigen, die Richtigen aus Lächeln und Lippenstift, gegertet und gegurtet, in rosigen Farben und in Schwarz. Die Last meines Innenlebens wächst und wächst. Und die anderen sprechen und lügen, essen und reden gegen meine Dicke, die Waage und die Last meines Innenlebens, die immer schwerer und leerer wird.
Kopfüber ins Haus, in den Körper, auf die Waage, hinein in die Last meines Innenlebens, die alle Tage zu leeren Tagen macht. Nur zurück ins Haus, dahin, wo nicht die Lüge ist, wo nur ich bin mit meinen Selbstreden, und auf die Waage, die wieder einige Gramme mehr anzeigt, die Last meines Innenlebens, die wiegt

und wiegt und alles schwerer und leerer macht, während ich meine Selbstreden rede und rede.
Auf dem Bett liegen und nichts als die Last meines Innenlebens, die vor dem Spiegel steht und nichts sieht als die Dicke, nichts als die Dicke, die sich auf die Waage schlägt und wieder wiegt und liegt. Spät abends und nachts die Rettung: meine Bücher, die ich war, geworden bin und immer mehr werde. Die Diätbücher, die Schlankheits- und Kurbücher, die Fasten- und Fitneßbücher, die Meditationsbücher, Körperbücher, die Bücher zum Glücklich- und Anderssein. Die Last meiner Innenwelt wird groß und größer und schwerer und schwerer, bis ich einschlafe in dem Körper, der nie aufhört, das zu sein, was ich nicht bin.
Ich wache überhaupt nur auf, um mich wieder im Körper vorzufinden, nichts als Körper, Waage und die Last meiner Innenwelt. Und ich will aus dem Körper heraus, der immer schrecklicher Körper wird und immer schwerer wiegt.
Schlaf heißt: nicht essen, nicht fühlen, daß ich dicker werde, nicht wach sein in der Last meiner Innenwelt – und still sein, nicht reden, nicht reden müssen mit mir, die schläft – endlich.
Montag bis Freitag ist schlimm. Das Wochenende ist am schlimmsten. Nichts schlimmer als das Wochenende. Der Freitag ist unendlich, der Samstag ist unerträglich, der Sonntag ist so schwer, daß ich im Innenleben ganz und gar verschwunden bin.
Aber niemand lügt, ich höre ihre Lügen nicht. Am Montag gehe ich nur aus dem Haus, um wieder zu hören, wie sie lügen. Und ich gehe nur aus dem Haus, arbeite sieben Stunden, um Geld zu haben, damit ich wieder herumlaufen kann, um mir etwas zu kaufen,

etwas, das meine Dicke verdeckt. Das Geld ist überhaupt nur dazu da, es auszugeben, um meinen Körper zu verdecken, der zu Hause auf der Waage, vor dem Spiegel wieder hervordrängt und mir zeigt, daß alle lügen.

Einzige Rettung: verschwunden in neuen Kleidern. Abend für Abend und von Geschäft zu Geschäft in neuen Kleidern, schön, fließend, gestärkt und schlank und rank, verschwinden im Stoff, in der Form, im Halt des Kleides, im Griff des Gürtels, in der Naht des Schnittes. Und die Frauen stehen um mich herum, schlank und rank, um zu lügen, sie sagen: Das ist modisch, bunt und gewagt, das steht Ihnen. Sie lügen und lügen, sie sagen: Sie sind schlank und jung und schön.

Ich aber bin dick und nur Körper im Körper des Körpers. Ich höre nicht hin, weil ich weiß, daß zu Hause alles auseinanderbricht, das Kleid, die Hose, die Jacke, der Mantel, und ich ziehe mich um und um, steige auf die Waage, stehe vor dem Spiegel, wiege die Last meines Innenlebens.

Der Abend ist nur dazu da, um immer wieder in den Kleidern zu verschwinden, im Reden, in den Kleidern. Der Abend ist nur dazu da, um mich um und um vor den Spiegel zu stellen: mich drehen und drehen, die Taille wegdrücken, die Wangen einziehen, die Luft anhalten, bis die Dicke wieder ausbricht, der Körper aus den Fugen geht, der Stoff nachgibt, die Häßlichkeit, die Schwere des Innenlebens zwischen den Falten, den Längsstreifen, den Abnähern heraussickert, über Strümpfe und Schuhe tropft, eine Pfütze bildet, in der ich mich spiegele und hoffe, daß alles austropft, alles von mir auf den Boden tropft, ich nur ein Fleck, nichts

als ein Fleck, mit dem ich beginnen könnte – von Anfang an, ohne die Dicke, ohne die Waage, ohne die Last meines Innenlebens, von Anfang an und ganz und gar körperlos.
Wenn ich wach bin, denke ich ans Essen. Ich wache überhaupt nur auf, um mich wieder im Körper vorzufinden, der an nichts anderes denkt als ans Essen. Öffnet er die Augen, bestaunt er sich, bewegt er einen Arm, sitzt er aufrecht im Bett, liegt er, sitzt er wieder, besieht sich das Wetter, fällt wieder in die Kissen, nichts als essen und die Waage und die Last des Innenlebens.
Stehe ich auf, laufe ich vom Flur ins Badezimmer, auf die Waage, wieder durch den Flur, ins Wohnzimmer, denke ich nur: nicht an den Kühlschrank, nicht an die Schokolade, nicht an das Brot, nicht an die Wurst, nicht an den Käse. Jeder Tag, an dem ich aufwache und an nichts anderes als ans Essen denke, ist nichts als ein Selbstgericht. Ein Selbstgericht von früh bis spät, bis ich wieder schlafe, nur schlafe, um nicht ans Essen, die Dicke, den Körper und die Last des Innenlebens zu denken. Stehe ich unter der Dusche, um sieben Stunden aus dem Haus zu gehen, um die Lügen der anderen zu hören, denke ich ans Essen, an den Tag voller Hunger, an die Last des Selbstgerichts, die ganze Zeit über aus dem Haus, bis ich wieder zurückkomme, nichts als die Dicke, die Selbstgericht ist.
Wache ich auf, nur um ans Essen zu denken, ist kein Selbstreden eine Rettung. Im Gegenteil. Je mehr ich rede und rede, um so schwerer fühle ich, daß ich nur rede, um gegen den Hunger, die Gier, den Körper zu reden. Das Selbstreden ist nur dazu da, nicht zu merken, daß ich ununterbrochen vom Bad in die Küche,

vom Flur in die Küche gehe, um ununterbrochen den Kühlschrank auf- und zuzumachen. Stehe ich unter der Dusche, mache ich den Kühlschrank auf und zu, ziehe ich mich an, kämme mich, schminke mich, mache ich den Kühlschrank auf und zu, sitze ich in der Küche, trinke meinen Kaffee ohne Zucker, rede mein Selbstreden gegen den Hunger, die Gier, mache ich den Kühlschrank auf und zu. Das Selbstreden ist nur dazu da, nicht zu merken, daß ich den Kühlschrank auf- und zumache, daß ich mein Quarkbrot mit Kresse esse, um nicht ans Essen denken zu müssen.
Kaum betrete ich das Draußen – der Geruch von Menschen, Straßen und Plätzen, die nach Essen riechen. Alles nichts als Essen. Ich kann laufen, wo ich will, Essen. Betrete ich die U-Bahn, nichts als Pommes frites, Bratwurst, Schaschlik, Huhn, Ketchup und stinkendes Fett. Steige ich in die Bahn, den Bus, Kauende, nach Essen Riechende. Essen in der Hand, im Mund und in Tüten, alle Bahnen, alle Gänge voll mit Tüten, die nach Haus geschleppt werden, dahin, wo ich herkomme, abends wieder hingehe mit der Last der Dicke, dem Essen, all dem Essen, das die Menschen ununterbrochen in sich und mit sich herumtragen, ununterbrochen nichts als Aufnahme, hinein und hinaus, nichts als Ausscheiden und wieder hinein.
Kaum betrete ich mein Büro, mache die Türen auf und zu, gehe hinein und hinaus, höre ihre Lügen, nichts als ihre Lügen, gehe herum von Arbeitsplatz zu Arbeitsplatz mit meiner Dicke, mit meinem Selbstgericht, nichts als Essen und Trinken. Kein Tag ohne Betriebsfeier, Geburtstag, Namenstag, kein Tag ohne Verlobung, Trennung, Trauung, Umzug oder Auszug, kein Tag ohne Torte und Schlagsahne, Obstsalat, Nudelsa-

lat, Kartoffelsalat, Reissalat, Roastbeef, Würstchen, Pizza und Baguettes, belegt und trocken, Sekt und Wein, Bier und Schnaps, Schokolade und Plätzchen. Von früh bis spät, von neun bis siebzehn Uhr nichts als Frühstückspause, Mittagessen und Nachmittagskaffee, Feiern, Freuden und Leiden.

Und sie lügen und lügen, sagen: Du bist schlank, stell dich nicht so an, einmal ist keinmal, nur ein Stückchen, nur ein Schlückchen, nur kosten, probieren, naschen und reden, nichts als reden, was gegessen wird, was gegessen worden ist, was zuviel und was zuwenig, alles Essen für die Gesundheit, gegen die Krankheit, für die Schönheit, den Urlaub, den kleinen und großen Hunger.

Ich laufe von Stockwerk zu Stockwerk, hinter jeder Tür Essen und Menschen, die nach Essen riechen. Ich laufe und laufe mit meinem Ekel, dem Selbstgericht, mit meinem Ekel, der einzige Hunger, ich sage nein, meine Dicke sagt nein, meine Waage sagt nein, die Last meines Innenlebens sagt nein, mein Ekel, eine Fülle, die mich dick und dicker macht, sagt nein.

Mittags sitzen sie Körper neben Körper, kauend, essend, trinkend und redend, nichts als lügen und essen, Körper an Körper: reden, lügen und essen, eine einzige, endlose, nebeneinandersitzende Körperkette, endlose Eingeweide in Körpern, hinein und hinaus, in der Kantine und aus der Kantine heraus, um die Eingeweide zu entleeren.

Ich höre ihr Schmatzen, ihr Kauen, ihr Verdauen und stürze hoch, hinaus aus dem Raum, hinein ins Klo – und nichts wie die Tür zu, verriegeln, allein und eingeschlossen mit schwerem Atmen, der Gier, der Last, dem Selbstgericht, endlich allein, um die Tasche zu öffnen, die Schokolade aufzureißen mit zitternden Händen, mit Ekel und Würgen und hinein – Riegel für Riegel, mit Nuß und ohne, mit Trüffel und ohne, mit Joghurt und ohne, mit Sahne und ohne, dann Kuchen alt und neu, Butter- und Mandelplätzchen, Brötchen mit und ohne, mit fliegenden Händen, immer hinein, essen und schlucken, nicht kauen, nur hinein und hinunter, gegen den Ekel, das Selbstgericht, immer mehr hinein, die Finger fliegen von Tasche zu Mund und Mund zu Tasche, der Körper zittert und fliegt, mein Atmen, die Spülung, mein Atmen, das Würgen, das Zittern, das Schlucken, die Spülung, die läuft und läuft, gegen das Beben und Schlucken und Würgen auf der Brille der Toilette.

Ich höre sie kommen. Es riecht nach Essen von oben aus der Kantine, überall Essen und Essen, und sie sagen »Mahlzeit«, »Mahlzeit«, machen Türen auf und zu, entleeren die Eingeweide, wieder »Mahlzeit« und »Bin ich voll« und immer die Spülung, die Spülung Tür an Tür, ich sitze in der Spülung, stopfe und stopfe mit dem Ekel, der einzige Hunger, der nicht aufhört und in sich hineinstopft die Reste von gestern, von eben, den eisernen Vorrat, stopfe aus der Tasche in den Mund, mit der Spülung, dem Schlucken und dem Würgen, eingesunken in die Dicke, tief eingesunken in die dicker werdende Dicke, wahllos zitternd, bis alles leergegessen, hineingestopft, heruntergewürgt ist, und sitze und sitze in der Spülung mit der Hand, den Fingern, der Faust im Mund, bis ich würge und würge, die Fülle wieder Dicke wird, die wiegt und wiegt, würge und würge gegen den Schmerz der Innenwelt, gegen die Fülle, die platzende Fülle, die wieder Leere wird.

Der Abend ist nur dazu da, um mich wieder zu wiegen,

mich zu wiegen, festzustellen, daß ich einige Gramme dicker geworden bin, einige Gramme nur, nicht viel – aber nicht weniger, immer mehr, nur dazu da, um in die Küche zu gehen, den Kühlschrank auf- und zuzumachen, nicht mehr zu essen als eine Mohrrübe, nicht mehr als einen Apfel, nicht mehr als ein Joghurt, immer weniger zu essen, nicht mehr.
Der Abend ist nur dazu da, um mich immer wieder in den Kleidern zum Verschwinden zu bringen. Wieder vor dem Spiegel stehen, sich drehen und drehen, die Taille wegdrücken, die Wangen einziehen, die Luft anhalten, bis die Dicke wieder ausbricht, die Dicke und die Last meines Innenlebens, mich so lange im Spiegel anzusehen, bis ich weg bin, bis ich verschwunden bin.
Nur die Verschwundenheit ist die schönste Schlankheit, erst wenn ich ganz verschwunden bin, bin ich da. Ich kann nicht da sein, nicht im Spiegel sein, wenn ich nicht ganz und gar weg und verschwunden bin, wenn nicht verschwunden aus meiner Dicke, dann weg und verschwunden in der ertrunkenen Zeit, in die ich sinke und sinke, ertrunken im Schmerz, der Innenwelt, dem Selbstgericht, im Hunger nach Essen, im Ekel vor Essen, im Hunger nach Ekel, ausgelöscht sein ganz und gar, immer mehr, nicht weniger. Erst wenn ich ganz verschwunden bin, bin ich da, ohne weg zu sein, erst wenn ich ganz verschlungen bin, verschlungen vom Selbstreden, von den Sätzen, den Wörtern, nichts als ein Nichts, könnte ich beginnen, beginnen von Anfang an, ohne die Dicke, ohne die Waage, ohne die Last des Innenlebens, ohne das Selbstgericht, ohne die Gier nach Ekel, ganz und gar körperlos…

Fischessen bei Arno

»Er läßt das Busenfleisch fahren,
knetet die Kartoffel ins Fett...«

Trat ziemlich und kurzweilig durchs Vorstadtgehölz, mit Streifen im Hemd, in der Stirn Schäfchengewölktes, langgebeint dann, mißwillig, aber voller Hunger in die grüne Villa Küche, willige Heimat.
Gleich flurwärts und raus aus dem Mantel, rein in die Puschen, mit Blick und Schnüffelnase westwortsgerichtet und auf – ins Wohngezimmer mit Eßeckenherz. Schnöder Geruch von Suppe mit Schuppen ums Fleisch.
Heimlings sitzt da sein Weib, gemächlich umrahmt vom Fischgeruch, die Füße eingeschuppt ins Schuhwerk: rotes Leder unter Lackgelatine.
Tiefgefrorenes! Eine wahre Spezialität seiner Anheimgetrauten, Fisch mit viel Gräte von seiner Grete.
Und wie sie dasitzt, die Buttersauce in der Kelle, mit dem Rotlackpantöffelchen ausschlägt und fischt nach ihm, seinem Lob, dem Zitterschnuppern der Nase, dem bärenguten Grinsen, Kartoffel und Petersilie um den Fisch schmiegt. Und wie sie stramm die Schürze hinter dem Hälschen über den stattlichen Busen gezogen trägt, und wie die beiden Tuttelchen aus dem Schürzenkaro nach ihm winken und die runden Braunhöfe nach seiner Zunge verlangen.
Linkisch und ziehwortig fragt sein Gretchen nach dem Grätchen, er ganz im Unterholz der Gedanken, aber

trotz allem lächelbloß, allzeit freundlich, fest daheimgefallener Ehemann, schnell pflichtgerade und nichts wie dem Fisch geschmeichelt – die Tutteln meidend.
Dann doch – nichts wie ran! Umfaßt die rechte Brust seiner Grete und schamnuschelt: »Komm, du!« Schlucken drauf: »Laß uns!«, von ihr märtyrern beherrscht: »AU!.« Er läßt das Busenfleisch fahren, knetet die Kartoffel ins Fett.
Dann eben nicht, weiter gefischt und gegrätet. Bloß untrüb bleiben, flugs auf die Gedanken und raus ins Frühlingsgewieher, ins Untergehölz, in den Ziergarten der Lüste, ins Flüstern der Pappelalleen und ins Gakkern der windschlüpfrigen Fräuleins! Ei! wie da die Gräte steht und die Windhose sich um die wilden Blätter schlägt.
Hochauf, hinauf! – auf den Hügel mit den geilwindigen Gedanken und hinuntergeguckt ins Tal, wo die Fräuleins in Hochhackigem und Grellbusigem immer die Straßen hoch und runter, rein und raus... buschen und flanieren.
Hei! wie das wackelt und pobt... und er im Gefolge... hei! hineinspaziert in die Tannen und Föhrenfräuleinschonungen, da erwacht die Libido vom Mittagsschlaf – und unterm Anzug der Schwarm der wilden Fittiche!
Da – ein Ruf, etwas schuppt ihn: »Paß doch auf! Der Fisch!«
Ach – wie jetzt seine Grete aufsteht, von Eßecke zu Küche eilfroht, das hausflauschige Lächeln durchs Zimmer wattet und wackelnde Nachspeise holt. Hei! was für ein Pudding. Schalenförmig und schenkelfarben, und auf und davon mit dem ehemenschlichen Gemüt, hinfortgespült mit der Mandelmilchsauce.

Am Tisch wieder seine Grete, immer noch kaltgrätig in Kittelschürze, und er betuttelt sie wortlings als Fisch- und Puddingritter, und kein Mehr.
Ach – wie seine Grete das Fenster weitlings öffnet und der Fischgeruch ins Freie eilt und das Trübe des Nachmittags durchs Zimmer zugt.
Er nichts wie müdlings raus und weg, unfroh in die gute Stube nur und sich ein wenig hingemacht. Mehr nicht.
»Das Verläßlichste sind immer noch die Naturschönheiten. Alles andere wechselt und gaukelt.«*

* Arno Schmidt

Doppelbett

»Hier soll ein Mord geschehen ...«

Die Wunde ist gekommen. Manchmal blutet sie. Einige Tage nur. Warm, hell oder dunkel. Mein Schweigen.
Am Anfang war die Lüge, dann kam das Wort. Das Schweigen, der einzige Ort der Unlüge. Ich bin weise. Bin weise durch mein Schweigen und meine weise Wunde.
Er weiß das nicht. Nichts weiß er. Meine Lippen sind fest verschlossen, die Mundwinkel eine Sturzbahn, weiße Zähne, schön, aber unsichtbar. Die Haut ist mürrisch gegen Sprache.
Etwas Unfaßbares soll hier geschehen. Erwachsenwerden bedeutet: die Lüge werden. Nichts macht Furcht.
Die Wunde ist gekommen. Manchmal blutet sie, warm, hell oder dunkel, sie schützt mich, mich und meine Lust wie die Wolke das Gewitter. Hier soll ein Mord geschehen.
Die Möbel und die Gegenstände werden meine Zeugen sein. Das weißerschreckte Doppelbett mit den beiden hochgereckten Nachttischen, zwei Aschenbecher darauf, ein Sektglas mit gelblicher Flüssigkeit, darunter ein gestärktes Deckchen mit hellblauen Spitzen, die um den Stoff zappeln, von einer weißen Wand zur anderen ein hoher Wandschrank, der die Weißlackstille in sich zieht, rechts ein langes Fenster vor einer ruhigen Straße, milchige Gardinen gegen den Tag.
Die Ernsthaftigkeit des Schlafes: Raum voll starrer

Ruh, weiße Spannlaken über die Matratzen gerissen, stramme Glätte gegen die Unruhe der Bewegung.
Und dann das Stolpern durch eine Sitzlandschaft. Klobige Gemütlichkeit, die in Licht gesetzt wird. Reißen und Rangeln an meiner Kleidung, im Lauf Pirouetten des Halses und der Taille, wieder und wieder Klammerungsversuche, mal mit zuviel Luft, mal mit zuwenig. Sein hetzender Atem im Haar und am Hals: »Komm doch, mach schon!« Seine Aufgeregtheit riecht nach süßlichem Kaugummi und die Wohnung nach Großreinetag.
Eine braunlackierte Tür zum Schlafzimmer wird aufgestoßen, vier Füße drängen und stürzen der weißen Ebene des Lakens entgegen. Sturz und Fall – ein auf ein und drauf auf drunter, die Kleidung übersteht eine schwere Zerreißprobe, Mund und Zähne ineinander, Hände auf Brust und Scham in drängenden Kreisen. Das beklemmend Kahle ist in Aufruhr.
Sein unrasiertes Gesicht, und die Heftigkeit des Mundes und der Zunge reizt meinen Hals, Zerrungen des Halses, Aufbäumen der Lachmuskeln, große erwehrende Geste nach hinten in pralle Bettberge, Pupillen in Pupillen, bis mein Blick seiner Fixierung weicht, sich die Lider senken; das Auge rennt in der Dunkelheit des Körpers ums Leben. Dann redet er von einem Namen, der meiner werden soll: »Liebling, Liebling«, und: »Vor mir brauchst du keine Angst zu haben, ich tu dir nicht weh!« Bis zu diesem Moment wäre ich nicht darauf gekommen, daß meinem geliebten Leben etwas Schmerzhaftes zustoßen soll.
Er rast seinem Begehren an mir nach, und ich liege mattgedrückt ins Weiß des Lakens, alles Nichtdenken in gereizter Überempfindlichkeit.

Atemlos vor Unlust fliehe ich mit verdrehten Augen zur Decke, aus der Mattglaslampe fällt eine Spinne an ihrem hauchdünnen Faden herab, sie hängt und spinnt sich ihren Weg, wird zwischen Halt und Fall gerettet durch ihren eigenen Körperfaden.
Meine Augen fliegen zwei Fliegen hinterher, ich kreise in ihren Ellipsen, versinke wieder in diesem Kahlen aus Weiß. Die einzige Lust in mir, denke ich an meine Lieblingsworte: Schwarz, finster, düster, eisig, Beton.
Die Phantasie ist verirrtes Leben, jetzt soll auch sie sterben.
Seine ersten rabiaten Handgriffe an der Werkmasse Fleisch, das meines ist. Die Kleidung gibt nackte Haut frei, über die sein Mund und die Zunge fallen, vor meinem Gesicht nur Haare, kratzende Haare um einen rotierenden Kopf, ein schwitzender Nacken in einem nassen Hemdkragen, irgendwo im Fleisch ein Mund voller Atem, Zischlauten und Gestammel, im linken Ohr sein bohrender Finger, im rechten das Ticken der elektrischen Uhr: digi-digi-digi-tal, sie setzt Zahlenzeiten in die Schleiflackstille. Das lebensschallschlukkende Weiß und mein Schweigen legen die Todesblässe der Wirklichkeit bloß.
Das ist die Wirklichkeit und weniger, und in ihr soll der Mord geschehen, der Mord an meinem ersten Leben.
Erwachsenwerden heißt: Die Lüge werden.
Mein Zorn ist unbedroht. Er wird auf dem Grund meines Schweigemeeres umkommen. Ich werde nun um und um gewendet, ein Zerren und Ziehen ist auf dem Laken, als müßte mein Leben verscharrt werden, dann reißt er mich hoch in sein Stöhnen, wühlt an meinem Büstenhalter, der Körper bricht aus allen Nähten.
Und ich war mein, das Ich aller Geheimnisse, die

Onanie meine Allezeit, war das Auge des unsichtbaren Tieres, das durchs Herzklopfen der Welt rast. Meine Selbstbestürztheit soll enden, meine einzige Sehnsucht: sich davonschleichen, einschließen, das Atmen ins hämmernde Herz ziehen, das Schlüsselloch verhängen, Wasser laufen lassen, im Wind stehen, am Bach liegen, im hohen Gras verborgen sein, sich zwischen die Beine fassen, bis der erhitzte Kopf zerplatzt, der Sturz der Lider den Boden wegreißt, aus dem Dunklen Sterne explodieren, die Welt mitsamt dem ganzen Getöse in einer einzigen Auflösung untergeht – und schwindelnd die Wirklichkeit als Traum in Zeitlupe wiederkehrt.
Er schüttelt mich in diese Wirklichkeit zurück, seine Hände hetzen unter den Rock, arbeiten sich zwischen die Schenkel hinein, als gelte es abrupt, eine Gebrauchsanweisung zu vollziehen.
Er ist der Mörder an meinem ersten wundersamen Leben, das eine geheimnisvolle Krankheit war, mit Namen Glücksverheißung.
Erwachsenwerden bedeutet: Die Lüge werden.
Und niemand hat mir etwas gesagt.
Ich stoße ihn weg, versuche Luft zu bekommen unter dieser Beatmungsmaschine, fassungslos über mein Zieren, versammelt er seine Hände auf meiner zerrissenen Bluse, meine liegen unbenutzt und hilflos auf dem Bauch – eine Händewüste.
Für Sekunden erkennt er, daß ich es bin, aber er scheut so vor der Berührung, daß er an meinen Brüsten knetet, als müsse die Erhöhung verschwinden, bedrängt mich mit der Frage: »Warum sprichst du nicht, sag was!« Aber gleich darauf alberne Witzeleien, und mit einem wahllosen Handgemenge, durch das ich eine Lust er-

fahren soll, die seine bleibt, fällt er erneut über mich her. Mit der Gefahr meines ganzen Schweigens bäume ich mich auf, und er springt hoch, verärgert über den unnötig komplizierten Ablauf, läßt mich zerdrückt und gerötet auf dem Weiß des Lakens liegen, steht an der Badezimmertür und redet immer noch unirritiert: »Es ist das erste Mal, das ist selten gut, ich mach mich ein bißchen frisch«, und dann als Vormund: »Du bist doch hoffentlich schon sechzehn!« Ahnt er, daß er sich in mir verirren wird?

Mit ungebrochener Selbstsicherheit zieht er die Badezimmertür ins Schloß, verschwindet in der gelackten Wand. In der kalten Weiße bleibt das Bild zurück: Er betritt seine Munitionskammer, in der er seine Maschine in Gang setzt und seinen Körper mobil macht. Plötzlich wird der Schlüssel herumgedreht, die Erbärmlichkeit des Ablaufs bekommt durchs Abschließen etwas widernatürlich Natürliches.

Er ist allein, ich bin allein, die Erstarrung im Inneren meines Körpers beginnt sich zu lösen, Herzklopfen liegt auf der Lauer, der Magen rumort, die Augen jagen jede atmosphärische Schwingung. Nebenan fliegen Schuhe an Kachelwände, der Toilettendeckel fällt herunter, ein Doppelfenster wird aufgerissen, ich spüre den faden Nachmittag im Nebenraum. Die Gardine bewegt sich im Wind, eine traurige Bewegungsmüh, und im Raum, in der ganzen Wohnung liegt eine Stimmung, als wäre das Leben ganz und gar ausgestorben.

Ich entdecke neben dem Fenster, dicht an den Schrank gedrückt, das Foto einer Frau, ein breitflächiges Gesicht, mild und bleich in Schwarzweiß, von ihm geht ein so überanstrengter Liebreiz aus, eine solche Lieb-

lichkeitsstarre, als wäre sie nicht nur die Krankenschwester anderer, sondern auch ihre eigene.
Er ist aus der Tür gegangen wie einer, der seine Munitionskammer betritt, er wird als derselbe zurückkehren, das reicht. Hier in diesem Raum wird ein Mord geschehen. Ich muß meine Ohnmacht in Bewegung setzen. Wieder suche ich das bleiche Gesicht: Unter einem Berg hochtoupierter Haare zwei gemalte, wohlgeschwungene Augenbrauen, müde Lider über dunklen Augen und mitten durch dieses Gesicht ein Lächeln, ein schreckliches Lächeln, ein Riß der Freundlichkeit.
Ist das die Wirklichkeit, die ich werden soll?
Aber ich bin weise. Bin weise durch mein Schweigen und kenne meine Lust. Die Tristheit verbündet sich mit dem Weiß, die Stille mit der Fremde: Wachtposten auf einem Kriegsgelände.
Nebenan wird ein Handtuch vom Halter gerissen, die Wirklichkeit ist so durchsichtig, daß ich die Fussel auf den Fußboden fallen höre, alles Geräusche von Requisiten, körperliche Rituale aus dem Vorfilm eines Films.
Nun wird wieder das Fenster geschlossen, derartig herrisch, als hätte sich das trübe Tageslicht etwas zuschulden kommen lassen.
Unter Ausschluß der Öffentlichkeit und im Neonlicht wird er seinen Körper betrachten, ihn einseifen und cremen, für eine Leistung an mir, von der mein neues Leben Nachricht geben soll.
Die Stille und Weiße zersplittern, er ruft meinen Namen: »Liebling!« ruft er, und mit freundlicher Herablassung noch einen Versuch: »Bist du noch da, Liebling?« Von mir nichts, kein Sprechen und keine Sprache werden mein eisheiliges Schweigen brechen.

Schweigend wiederhole ich meine Worte: Schwarz, finster, düster, eisig, Beton. Aus dem Badezimmer aus allen Leitungen Wasser, ein Becher wird aus einem Schrank genommen, er fällt ins Becken. Danach wieder Ruhe.
Ich werde das Rosensalz für deine vergessenen Wunden sein. Auf dem Grund meines Schweigemeeres wird er umkommen.
Er gurgelt mit anschwellender Lautstärke gegen eine gewalttätige Stille, die zwischen uns hochwächst. Nebenan fällt der Becher zu Boden, ein nervöses Stöhnen ist zu hören. Weiß er, daß er sich in mir verirren wird? Gleich, gleich wird er aus diesem Film heraustreten, in dem er eingeschlossen ist, er wird sich in das wühlende Weiß drehen, wird sich mit mörderischer Bestimmtheit auf das Doppelbett zubewegen, sich hinterrücks an meine Seite setzen, wird seine Hände über meine Haut verteilen, Hände als Werkzeuge, die einer Maschine dienen, die er die kleine nennt, und er wird mir noch einmal selbstgefällig die Geschichte von der Frau erzählen, die nur von ihm entjungfert werden wollte, ein Blutbad sein Bett, eine Zumutung der Akt, und wie sie an seinem Hals schrie, während sie unter seinen Stößen ins Leben blutete, das seines wurde.
Danach werde ich die Frau sein, die dort als Foto an der Wand hängt. Das Lid besiegt, eine leere Heimat der Körper und die Welt. Ich werde dein Säurebad sein!
Ich werde nicht dein Wintergarten des Lebens, nicht dein Ziergarten der Weiblichkeit sein. Mein Geheimnis schützt mich wie die Wolke das Gewitter, und mein Zorn ist unbedroht. Die Brause stürzt über das Weiß her, Seife rutscht zu Boden, sein nackter Leib

schlittert aus und sinkt an die Wand. Passiert nebenan schon der Mord?

Aber da ruft auch schon wieder die Stimme, ohne eine einzige Schwingung im Tonfall. »Du bist mir doch nicht böse?!« Ein Handtuch erstickt das letzte Wort, ein gereiztes Husten in den Stoff, dann summt er unbeschädigt die Melodie eines uralten Liedes aus einem uralten Film. Meine wütende Ohnmacht und die Gewißheit, daß es gleich passieren wird, setzen mich unter Spannung, die Schläfen klopfen, die Augen irren im Weiß herum, hängen sich an dieses Foto, das breitflächige Gesicht mit dem entsetzlichen Lächeln, das jetzt einer Platzwunde gleicht, und plötzlich weiß ich, was hier sterben soll: Das Begehren. Mein Begehren auf meine Lust und mein Leben.

Ich soll eine sein wie sie, eine von ihnen. Niemand hat mir etwas gesagt.

Ich soll in meinem zweiten Leben eine von ihnen sein, die mir diesen Mord, diesen Tod verschwiegen haben.

Gleich wird er aus dem Raum heraustreten in einen Bademantel gehüllt, und er wird der Täter sein, er wird mich mit der Diktatur seines Blickes und seines Begehrens in die Kissen treiben, und er wird mir zum erstenmal dieses Lächeln durchs Gesicht reißen, meine Zähne werden zum erstenmal mein verborgenes Leben zum Töten preisgeben.

Erwachsenwerden heißt: die Lüge werden. Wir werden zusammen weinen, bluten und Kopfschmerzen haben, das ist die Liebe und nicht das Begehren.

Und dann wird er sich über mich beugen, mit dieser leblosen Selbstgewißheit, er wird meinen Körper niederdrücken in das tiefe Weiß, mit Strudel aus Worten

und Flüstern an den Hals setzen, mit saugenden Küssen mir die Hitze aus den Adern trinken, und mir zum Zeichen des Erwachsenseins, der ersten erfolgreichen Hingabe, diese Platzwunde des Mundes gravieren, mit der ich ihre Sprache sprechen soll.
Erwachsenwerden heißt: die Lüge werden.
Niemand hat mir etwas gesagt!
Ich soll hier mit diesem Lächeln, der Gravur der Lieblichkeit, ins andere Leben hinaustreten, heraustreten aus diesem Film, der dieser Wirklichkeit folgt, die Mensur des Lächelns im Gesicht, wovon der Körper nichts als ein Echo ist. Und alle, die erwachsen werden müssen, die zusammen mit mir in diesem Film auftreten werden, sind so wie ich, eine Replikantin, eine Lächlerin, mit einer Schreckspur als Lächeln, das nie mehr geht. Und niemand hat mir etwas gesagt! Ich werde dein Säurebad sein!
Und dann öffne ich die Tür ins Freie.

Die Stunde des Hahns

»... und dafür war er nun gekommen,
obwohl noch in der phallischen Grundausbildung ...«

Es ist Freitag, mitten in der Mittagszeit.
Die Schwimmhalle liegt im Halbschlaf, das Wasser ist unter sich, unbespritzte hellblaue Kachelwände beschützen es. Die verlassenen Springtürme beugen sich spiegelnd über die ebene Fläche. Eine Kirche für das Wasser.
An den Rändern gurgelt und sogt es leise, die noch in Ruhe gelassenen Wellen zischeln von Schnitten und Rissen, die ihnen durch die Kanten der Körper zugefügt worden sind.
Nur zwei ältere Frauen schwimmen sacht hin und her, teilen das Wasser mit damenhaften Brustschwimmbewegungen, halten die Köpfe artig gereckt, damit die bunten Gummiblumen, überwiegend Nelken und Margeriten, nicht naß werden.
Aus dem Waschraum der Frauen, in dem jetzt keine Körperbürsten, Haarwaschmittel und Seifen zu Boden fallen, zieht an der runden schwarzen Uhr, die satt und ruhig tickt, eine Geruchsschwade vorbei, eine Mischung aus Kartoffelsalat und feuchten Handtüchern, bis sie von den Reinigungsmitteln aus den Toilettengängen getilgt wird.
Selbst das hohe Fenster, das über die ganze Wand läuft und die Springtürme spiegelt, steht übermäßig durchsichtig und glänzend geputzt da, mein Blick stürzt ge-

radezu durchs Glas in einen schäbigen Garten und bleibt an jungen Bäumen hängen, die dunkel und ungrün in die Halle schauen.
Um den Beckenrand laufen ein wenig gelangweilt, wenn auch mit wachsamen Augen, drei Aufsichtspersonen, zwei davon Männer, sonnenbankbraun, mit kräftigen Oberschenkelmuskeln, die bei jedem Schritt aufspringen, und eine junge Angestellte mit kalkweißen Hosen, einem gleichfarbenen T-Shirt und auf den Lippen ein glänzendes Himbeerrot. Die beiden Bademeister belegen äußerst zwingend, daß es sich bei der weiblichen Person um einen Lehrling handelt, im Zeichen einer üppigen Weiblichkeit, denn sie kommen so wenig von ihr los wie Fliegen von einem Fliegenfänger, umschwirren sie einzeln oder stehen aufgeregt beieinander, nur um sie durchzutuscheln: vom Busen bis zur Fessel und umgekehrt.
Ihre Lehre scheint überwiegend darin zu bestehen, sich in ungefährlicher Entfernung aufzuhalten und die stummen Zudringlichkeiten mit einem Dauerlächeln zu erwidern, und wie sie sich auch dreht und wendet, biegt und reckt: die beiden sind schon da! Nie ist ein Wort zu verstehen, nur ein Raunen, eine Angespanntheit liegt in der Luft, Geschlechtseindeutigkeiten, zu Bakterien geworden, wechseln von einer Badebeckenseite auf die andere, während die beiden Schwimmerinnen noch immer ihre Runden ziehen oder sich ausruhend ans Drahtseil hängen, eine Weile miteinander flüstern, bis die eine, mit den scharlachroten Blumen auf der Haube, sich erneut vorsichtigen Schwimmbewegungen hingibt und die zweite ihr folgt: Brust unter Wasser, Badehaubenblumen in die Höh'.
Und dann passiert es!

Die Schwingtür unter der Aufschrift MÄNNER wird aufgestoßen, und aus ihrem Schußwind herausgefallen, in die Halle gestürzt, steht er da: unvermittelt, schlagartig, ein Einbruch in die ruhige Betrachtungsfläche. Ah – was für ein Mannsexemplar und in welch unübersehbarer Geballtheit und Wucht seiner Pubertät!
Von der ersten Sekunde an steht er da wie ein Blitz, der in alles dreinfahren muß. Ein Blick genügt, den Körper zur Schlagkraft geballt: Nichts los. Absolut tote Hose! Die Augenbrauen fahren aufeinander zu, die Augen verkleinern sich, überfliegen im Tiefflug die Halle: ätzende Öde, vorn, hinten und in der Mitte, bloß das junge Mädchen, das einmal kurz und bündig durch die Augen gezogen wird; das an der Kachelwand lehnend auch ohne ihn kaum mehr über eine natürliche Regung verfügt, sich sinnig den Zustand ihrer Fingernägel betrachtet, die ihn noch nicht gesehen hat, sich jetzt aber unter der Ahnung seines Blickes ein wenig mehr verkünstelt, am Fingernagel kaut und gleich darauf hastig den Rettungsring kontrolliert, als hätte sie zu beweisen, daß sie auch zur Arbeit anwesend ist.
Seine Aufmerksamkeit kehrt zurück in den großen linkischen Körper, in den er so aufrührend eingeschlossen ist. Er dehnt sich sodann, spannt sich an, beginnt die Sporen seiner Muskeln vorzuführen: an den Oberarmen, der Brust, den Schenkeln, und allmählich, aber folgenschwer dribbelt er sich ein, ermuntert und gestützt von einem lauten Schniefen.
An ihm stimmt einfach alles: knappe Badehose mit ernsten Streifen, kurze buschige Haare, über den Ohren wegstehend, triste Schwermut in den Augen, beleidigter und trotziger Gesichtsausdruck, eine empfindliche Kindlichkeit überspielend, dünne Lippen, schon ge-

schult im Schweigen, drängende Ansammlung von Bartflaum auf den Wangen und am Kinn, sehniger Hals mit beginnender Stoppelbildung über dem Adamsapfel und abklingender Pickelneigung, wirre Haarbüschel um die kleinen, aber spitzen Brustwarzen, eine leichte, wundervolle O-Bein-Schwingung von den Oberschenkeln abwärts bis in die Waden – und über allem eine sehnige Schnelligkeit und Überaktivität, die seine Innenräume zu bersten droht.

Ach – wie kraftverzehrend es sein muß, ein richtiger Mann und damit der ANDERE zu werden, und ich frage mich, ob Pubertät bedeutet: die phallische Wehrpflicht anzutreten.

Inzwischen ist er ganz im Kampf mit sich selbst: Dribbeln und Schniefen, Spannen der Armmuskel, Dribbeln und Schniefen, Spannen und Loslassen des Trizeps, Radschlagen mit den Armen, Dribbeln und Schniefen, die Arme nach vorn zur Boxerpose, Fäuste wieder zurück an den Brustkasten, Dribbeln und Schniefen; und die komplette Serie noch einmal von vorn – mit zunehmendem Tempo.

Während dieser Übungen läuft er endlich langsam, aber gezielt zur Höchstform auf; die Halle erbraust unter seiner Bewegung, seinem tosenden Auftritt, und ich sehe – wie unter höherer Gewalt – auf die Uhr: zwölf Minuten vor zwölf!

Immer wieder lugt er schnell und streng unter seinen Armen hervor, sieht nach der jungen Angestellten, die ihn immer noch nicht beachtet, statt dessen mit einer durch und durch profanen Arbeit beschäftigt ist: Schwimmwesten sortieren, und das mit dem Rücken ihm zugewandt.

Und ich, faul, aber gebannt auf den Steinplatten sit-

zend, bin bereits über vierzig und damit sehr entschieden von unaufregender Nichtvorhandenheit, im weiblich sexuellen Rentenalter und nur noch von den Wechseljahren bedroht.
Ihm bleibt also weiterhin nichts übrig, als sich ungesehenen, aber endlosen Kniebeugen zu unterwerfen: acht Minuten vor zwölf! Die Arme in Adlerpose von sich gebreitet, wird der Körper jetzt angetrieben, sich mehr als dreißigmal dem Boden zu nähern und wieder in die Senkrechte zu schnellen.
Sechs Minuten vor zwölf!
Auch die beiden – inzwischen uralten – Schwimmerinnen bewegen sich gleichfalls unberührt, ja – naiv, nichts als gelassen hin und her, hoch und runter, die Knospengummihauben auf der Wasseroberfläche, ein stetig dahinziehendes Blumenbeet. Nichts, was bis zu seinem Erscheinen in der Halle war, ist mehr an der Stelle, die Atmosphäre ist aus den Fugen geraten.
Seit seinem Dasein, seinem Eintritt in die Schwimmbadwelt wird klar, daß dieses fade, döselnde Chlorwasser, die märige Ruhe, das kindische Hellblau der Kachelwände, der spießige Gartenlaubenplatz vor der Panoramascheibe, ja – die ganze überwärmte und altjüngferliche Halle nichts ist als Weibisches und Weibliches, und dafür war er nun gekommen, obwohl noch in der phallischen Grundausbildung, dem ein Ende zu machen!
Trotzdem rücken die Uhrzeiger aufeinander zu: vier Minuten vor zwölf!
Ein kleiner Lichtblick: Die beiden Bademeister beachten ihn mindestens zwanzig Sekunden lang, sind offensichtlich sehr beeindruckt, was da an ihresgleichen heranreift, und der Junge, so ermuntert, nun doch

Anerkennung gefunden zu haben, findet noch inmitten der Verausgabung Zeit, mit Blicken und Zeigefinger auf das Mädchen zu deuten und an seinem Körper einen ›fellinischen‹ Busen nachzuzeichnen. Alle drei amüsieren sich hämisch über den grandiosen, in der Tat einmaligen Einfall.

Endlich, endlich zeigen sich die ersten Erfolgsschweißperlen auf der Stirn und der Oberlippe, das Gesicht gewinnt an Blässe und Ernsthaftigkeit, die Augen verschwärzen sich der Anstrengung gemäß und blicken pfeilgerade auf das alberne Wasser.

Gleich, gleich wird er das unterforderte Element aufwühlen – und bezwingen.

Zwei Minuten vor zwölf!

Das prachtvolle Exemplar dribbelt nun aus: sehniges Hoch- und Niederschnellen auf der Stelle, Lockern der kniebeugenschweren Beine, keuchendes Schniefen, wobei der Adamsapfel heftig auf- und niedergeht. Und als Belohnung stellt sich die Trophäe der Leistung ein: Schweißbildung; so heftig, daß es ihm von der Nase tropft, der Bartflaum um den Mund und am Hals klatschnaß wird; wenn auch um die Ohren und die Halsschlagader eine gefährliche, fleckige Röte läuft, die ganz sicher nicht beabsichtigt war. In diesem Falle ist nur gut, daß niemand auf ihn schaut, nur der ANDERE in ihm wird fordernder und übermächtiger.

Natürlich hätte die junge Angestellte längst auf ihn aufmerksam werden können. Sie hatte die Schwimmwesten sortiert, eine Leine mit bunten Plastikbällen aus der Ecke gezogen, aber sie tut weiter nichts Besseres, als an der Wand zu stehen und auf die pantomimischen Zweideutigkeiten ihrer Kollegen zu reagieren, indem sie den überanstrengten Liebreiz ihres Lächelns aus-

weitet, die weißen Zähne breiter entblößt und am T-Shirt zupft, das in der Länge nachgibt.
Es ist ganz kurz vor zwölf Uhr!
Inzwischen ist er in die Endphase seines Kampfes eingetreten. Es wird höchste Zeit, den hinteren Raum, der vorher mit Blicken vermessen wurde, im Sturm zu nehmen! Eine Minute vor zwölf: Er durchmißt mit großen, schweren Schritten – Rennen ist verboten – mit Unterstützung eines sportlichen Atmens die Länge der Schwimmhalle, nimmt die letzte Etappe bis zum Sprungbrett.
Da – plötzlich sieht ihn doch das Mädchen! Scheu und zwiespältig wagt sie einen Blick, während er auf den Sprungturm zugeht, die Eisenleiter erklimmt und durch die Stufen hindurch noch einmal ein Blickfeuerwerk auf sie runterläßt.
Sie schließt verstört und abrupt die Lider, verdreht den Körper in eine abwehrende Haltung, sinkt fast unmerklich an gelbliche Wasserschläuche, die von der Wand herabhängen, kaut dann so bestimmt am Mittelfinger, als müsse sie Rettungsinstrumente überholen.
Gleich darauf sehe ich sie in der Damentoilette verschwinden. Es schien ihr nicht eine Sekunde länger möglich, die Gesichtszüge und Körperlinien in diesem herzzerreißenden Höhepunkt unter Kontrolle zu halten.
Die Verstimmtheit, mit der sie an mir vorbeilief, brachte mir den Satz zurück, den ich vor kurzer Zeit gelesen hatte: »Der Junge wurde zu Urgu, einem männlichen Zauberdrachen, der ein Mädchen in der Gewalt hat und die Fähigkeit besitzt, sich nach allen Richtungen hin auszudehnen, so daß für das Mädchen

keine Möglichkeit besteht, aus dem Bereich des Ungestüms herauszugelangen.«
Inzwischen steht er endgültig auf dem Brett, das den Sprung bedeutet, ganz gehalten vom Rausch seiner Wichtigkeit, das durchsichtige Glas spiegelt ihn lustvoll, der Baumsaft schießt jäh auf, die Zweige spreizen sich vor Neugier hinter dem Fenster, und die Borke glänzt in einem tiefen Schwarz.
Es ist auf den Schlag zwölf Uhr mittags: die Stunde des jungen Hahns!
Was ist los! So dicht vor dem Ziel, kurz vor dem Einsatz der Kür entweicht ihm die Luft? Er steht ganz einfach nur da als einer, der dasteht. Wo ist der ANDERE in ihm? Steht nach all den Strapazen absprungbereit und dreht sich einfach nur um, sieht ganz schlicht – ohne Geschlechtslack, nur menschlich auf die Uhr!
Genau zwölf Uhr und drei Minuten. Ob die Zeit für ihn aus dem Zenit herausgetreten ist?
Nein – da war es wieder: sein ruckartiges in die physische Kraft Treten. Mit beiden Händen greift er sich an den Rücken, sehr aufgerichtet sucht er anscheinend etwas in der Hose. Den Kopf nach oben, mit einem ungehaltenen Gesichtsausdruck, die tabakbraunen Kurzlocken kreuz und quer, zieht und zerrt er an der strammen Badehose, während ich die Vorstellung habe, daß er einen schönen Baal darstellt und er auch mit weitaus weniger Lyrik ganz sicher einen imposanten Besetzungsflurschaden hinterlassen würde.
Da – er findet, was er suchte: die Badekappe! Er schlägt sie mit der rechten Hand in der linken aus. Sollten sich Staubfussel gesammelt haben? Und – noch einmal – in einem einschneidenden Augenblick, so kurz vor dem Schützen des Kopfes, sucht sein Blick das Mädchen,

das sich wieder zur Verfügung stellt, überfährt sie von oben bis unten wie ein Rasenmäher. Diesmal aber richtet sich das Mädchen auf, beißt sich ein wenig ungehalten in die himbeerroten Lippen und wendet sich so unzweideutig ab, als hätte sie zwischenzeitlich ihr Geschlecht wechseln können.
Der junge Mann zieht sich die Mütze über den Kopf. Ein einfacher glatter Gummiüberzug ohne jeden Schnörkel in einem trüben Blau. Das Darüberziehen hat so entschlossen vor sich zu gehen, daß der Gummi bis über die Ohren hin nachgibt, um dann wiederum bis in die Höhe der Schläfen hochgekrempelt zu werden.
Ein kurzer Schlag auf den Kopf unterstreicht den Eindruck, daß es jetzt keine Bademütze mehr ist, sondern der lebensnotwendige Kopfschutz eines Rennfahrers, Bobfahrers oder Segelfliegers.
Merke: Richtige Männer tragen niemals Badehauben, Badehüte, allenfalls Badekappen, Bademützen, richtig ist immer: Überzieher!
Gleich darauf überschlägt sich alles im wahrsten Sinne des Wortes; die Füße geben Zeichen, daß alles bereit ist: Ausrichten auf der Stelle, die Spannung läuft hoch, durchströmt die geschwungenen O-Beine, erfaßt den Unterleib, den Brustkasten, der sich weitet, die Augen fixieren das Wasser, der Mund ist tellergroß geöffnet, zieht Luft für den Hochsprung; und just im letzten Augenblick sammeln sich auch einige Vögel, die auf den neugierigen Zweigen sitzen und sich vor Beifall selbstverständlich kaum auf den Zweigen halten können!
Dann schießt er durch die Luft, wirbelt die schläfrige Atmosphäre auf und landet platschend im Wasser, das

sich aufbäumt, aber ein riesenhaftes Loch freigibt, in welchem er erst einmal die längere Zeit verschwindet.
Lange genug war das Wasser zum Müßiggang verurteilt, jetzt tritt es freudig schwappend über den Beckenrand, die beiden Schwimmerinnen schaukeln haltlos auf den Wellen, die Augen treten ähnlich weit heraus, wie die Badehaubenblumen hochstehen, und ratlos auseinandergerissen, rettet sich die eine an die Stufen und die andere unter den Schutz des Absprungturmes. Sofort darauf flüchten sie aus dem Wasser, tapsen am Beckenrand entlang, die Blumenbadehauben in der rechten Hand, bewegen sie sich so unsicher und tastend, als hätten sie ihren Kopf mit abgesetzt, holen aus dem Fach ihre geblümten Kulturbeutel und verschwinden im Duschraum.
Für eine kurze Zeit könnte es vollkommen still und vollkommen friedlich sein, nicht einmal das Geschlechtsraunen würde stören, doch die beiden Bademeister haben ein ganz anderes Spiel erfunden: Sie weiten arglos ihren Kontrollgang aus und versuchen heimlich, aber zäh ihrer Kollegin einen Kaugummi auf den Hals zu setzen. Sie dreht und windet sich völlig tonlos, versucht dieser klebrigen Berührung irgendwie zu entkommen. Ein merkwürdig unauffälliger, aber atemloser Tanz ist zu sehen, ein Schrauben und Tänzeln, Heranmachen und Weghüpfen, die peinvoll akrobatische Umsetzung des Geschlechtsraunens in einen Bewegungstanz.
Nach langem, verstohlenem Ringen haben sie doch den Kaugummi am Halsausschnitt ansetzen können. Sie schleichen feixend von dannen, und sie steht allein vor dem hohen Fenster und verrenkt sich angewidert,

um die festklebende Masse aus den Härchen zu reißen.
Und da – taucht der Junge wieder am unteren Ende des Beckens auf, sein Kopf schnellt kurz in die Luft, eine Wasserfontäne entweicht dem Mund, Augen geschlossen, tief Luft geholt, schraubt er sich abermals in die Tiefe und krault im Schmetterlingsstil, von Wasserbergen verdeckt und begleitet, Bahnen und Straßen ins Wasser. Das Wasser ist springflutartig aufgerissen, in der Halle echot ein solches Prusten und Spritzen, daß ich mir einbilde, die Uhr nicht mehr sehen zu können. Aber sie geht, sie zeigt zwölf Minuten nach zwölf, und noch immer ist keine Ermüdung zu hören. Die Halle füllt sich.
Zwei ältere Ehepaare betreten die Schwimmhalle. Vier typische Warmbadetagbesucher, die weniger kommen, um zu schwimmen, als die Glieder im warmen Wasser gelenkig zu erhalten.
Sie sind geschlechtsvorschriftsmäßig ausgerüstet: die beiden Männer fleischfarbene, simple Badekappen, die wie Glatzen auf dem Haar sitzen, Graugrünschwarzgestreiftes um den Unterleib, in der Leistenhöhe die Applikation eines springenden Delphins; die Frauen Blumenranken und lyrische Ornamente in freundlichen Farben über die gesamte Badeanzugfläche hinweg, spitze Büsteneinlagen, um die klein und kleiner werdende Blumen wimmeln, auf dem Kopf der einen eine knallgelbe Raffbadehaube, die an schrumpelige Haut denken läßt, die zweite trägt einen Lockenschutz, bernsteinfarben, zusätzlich in Ohrenhöhe rechts und links ist eine Seerose aufgesetzt.
Getrennt, wie vorher in den Umkleidekabinen, betreten sie umständlich das Wasser, die beiden Frauen

schwimmen sogleich redend nebeneinander her, die Männer ziehen im unteren Teil des Beckens sehr gewissenhaft ihre Runden, gewohnt, daß Frauen auch beim Schwimmen nicht viel mit Männern anfangen können.

Da taucht auch schon wieder der junge Hahn auf, reißt die Schwimmenden auseinander, die aufgescheucht versuchen, den Schiffsschraubenbewegungen zu entkommen, sie sammeln sich verschreckt am linken Bekkenrand, ziehen es offensichtlich vor, hängend und liegend Beinübungen zu machen.

Und endlich, nach langer Zeit, wird die Schwimmhalle wieder einer größeren Bedeutung zugeführt: Drei Mannsanfänger trotten aus der Tür heraus, pendeln vor den Waschräumen in herausfordernd verhaltener Art hin und her, auf und ab.

Sie wirken wie unzusammensetzbare, überladene Teile von sich, abgebrochene Gesten, Schritte, Worte und Blicke, eine unstete, sie blockierende Kraft geht von ihnen aus, daß der Eindruck entsteht, es wären ganz viele von ihnen.

Desinteressiert blicken sie aufs Wasser hin, erkennen an der Badekappe ihren Freund, wenden sich tändelnd erneut aufeinander zu, in diesem aufreizenden Pubertätshalbschlaf, und an dem freundlichen Mißmut, mit dem sie seine Anwesenheit untereinander mit langen Blikken austauschen, einmal die Faust heben, den Daumen nach unten stellen, ist deutlich zu merken, daß sie seine Art der Tobsucht nur abfällig und von ferne ertragen können. Eine Weile stehen sie ruhig und geballt beisammen, ergötzen sich an dessen Schaumschlägerei, denn jener scheint nicht begriffen zu haben, daß weniger mehr ist.

Dann ziehen sie fast gleichzeitig die Badekappen aus den Hosenbeinen heraus, stülpen sich die schwarzen Kopfschützer über, durch die in der Mitte des Kopfes ein weißer Strich läuft, tänzeln tigerlike mit lauter abgewürgten Bewegungen im Körper auf den Kacheln herum, bis einer von ihnen den Unterarm hebt, mit großer Unterspieltheit und mit zwei Fingern aufs Wasser zielt und ruft: »He, Mann! Achtung!« Und schießt lässig über die Wellen hinweg.
Daraufhin springen sie sich einmal freudig verhalten die Schultern an, stellen sein ›Ableben‹ fest. Doch der junge Hahn scheint nicht getroffen worden zu sein, denn er schmetterlingt immer noch unverletzt, hechtet sich in die Höhe, schüttelt die Mähne des Wassers ab, bewegt sich unbeeindruckt auf den Sprungturm zu.
Genau im richtigen Moment öffnet sich mehrmals hintereinander die Tür der FRAUEN-Waschräume, und es drängeln viele Elevinnen heraus.
Es ist die Zeit des Schulschwimmens. Pausenlos hüpft und gickelt es, schiebt und stößt es sich aus dem Gang, klapp, klapp, klapp durch die Schwingtür, wird lachend zurückgelaufen, gealbert, fallen sie sich über die Beine, in die Arme, schwärmen mutvoll ein Stück am Rand entlang, wieselflink wieder zurück, halten sich die Hände vor die Lacher, schlagen mit ihren Handtüchern, wickeln sich ein und wieder aus, zeigen auf den Sprungturm, schütten wieder Lacher in ihre Hände, zupfen und zupfen an ihren Büstenhalteroberteilen, die sehr gefährdet sitzen, weil sie nicht mehr bedecken als die Stelle, an der das erst wachsen wird, wofür sie sich jetzt schon schämen.
In die drei Mannlinge fährt nun ein solcher Adrenalinschub, daß sie für einige Sekunden das gleiche überak-

tive Verhalten darstellen wie ihr Gegenspieler, sie rempeln und schubsen sich wahllos gegeneinander, grölen im Kanon in Richtung des Mädchenschwarms, reißen ihre Badekappen vom Kopf, als kriegten sie keine Luft mehr, während sich die bunte Reihe der schamigen Mädchen immer dicht an der Kachelwand entlang dem Wasser zuschiebt.

Und auf einmal fallen sie wild gewürfelt ins Wasser, immer noch die Hände vor den Lachern, schwimmen auf der Oberfläche herum wie die bunten Plastikbälle auf der Leine, die kurz vorher ins Becken gelassen wurde.

Noch einmal unter allerbesten Voraussetzungen wiederholt sich die Stunde des jungen Hahns!

Leistungsstolz und blickgewiß steht er im Mittelpunkt aller Augen auf dem Sprungbrett, selbst die junge Angestellte unterbricht ihre unter Hochspannung stehende Rettungsbereitschaft, die drei Freunde rücken geschwollen, aber angeschlagen dichter zusammen und rufen ganz und gar wirkungslos nochmals: »Eh, eh Mann – du bist naß!«

Der Schwarm der Mädchen räumt patschend und schlagend die Schußrichtung, und den drei Freunden bleibt nichts anderes übrig, als seine über sie hinausgehende Wichtigkeit neidlos zu ertragen: wie er auf dem Brett steht, ganz in Übereinstimmung mit dem ANDEREN in sich, das Element des Wassers unter sich, das sich danach sehnt, nur von ihm aufgewühlt zu werden.

Mit seiner ganzen Haltung zeigt er ihnen an, daß sie trotz ihrer sparsam eingesetzten Mittel, einen Fehler nach dem anderen begehen, und er reagiert auf diesen unqualifizierten Zwischenruf angemessen verspätet,

hebt geringschätzig den Arm zum Gruß, läßt ihn daraufhin einfach nur sinken, nicht einmal herabfallen und wirft sich wie körperlich beschädigt von diesem blöden Anblick der Dreiergruppe posenlos steif ins Wasser. Taucht blitzschnell wieder auf, seine überragende Schwimmfähigkeit unterbietend, haut sich ein einziges Mal kurz an die Stirn, verschwindet wieder auf dem Grund – offensichtlich in der Hoffnung, daß die drei ebenfalls untergehen.
Und ohne darauf Rücksicht zu nehmen, daß die Halle mitsamt Personal, Wasser, Kacheln und Fenster in eine übliche Dürftigkeit verfällt, steigt er aus dem Bad, nimmt in der Haltung eines Tiefseetauchers die Treppen, blickt an dem Trio aufwendig vorbei, deutet dann blitzartig, ganz in ihre Nähe gesprungen, eine heftige Boxbewegung in ihren Unterleib an, zieht es sodann vor, die gönnerhafte Geste der Herausforderung an sich selbst auszuprobieren, reißt den Arm weg, zielt sich auf den Unterleib, trifft – und knickt einmal heftig in sich zusammen, spielt einen Schwergetroffenen, eine bildhafte Darstellung seines inneren Zustandes: Schläger und Erschlagener in einer Person!
Nach dem letzten Sieg geht er stolz und zielgerade, sicher und bestimmt anzeigend, daß die Zeit für ihn hier um ist, daß Großes allein zu bleiben hat, auf die Schwingtür zu, schlägt sie mit dem Fuß auf, passiert die Öffnung, grußlos, verläßt die Bildfläche, ein Stück Welt und Wirklichkeit mit sich nehmend, die ohne ihn in tiefe Bedeutungslosigkeit versinkt.

Im Spion

»... täglich wächst die unterirdische Fließbandarbeit für den Haushalt...«

Es wäre mir möglich, hier im Hause alle zu retten, allein dadurch, daß ich mir vor meiner Wohnungstür die Schuhe überziehe. Allein diese Handlung, in Verbindung mit einem Gespräch, würde es mir möglich machen, eine Befreiung von der untersten Partei aufwärtszutragen.
Aber ich bin schweigsam.
So blieben die Schuhe von Anfang an der Punkt, um den sich die Sprachlosigkeit kristallisierte. Meine Schuhe sind stets von solcher Durchschnittlichkeit, nicht zu sauber und nicht zu schmutzig, daß sie keine offene Bemängelung gestatten. Allerdings wäre der Einwand möglich: In einem geordneten Haus ist das Herausstellen der Schuhe auf die Fußmatte unstatthaft, denn wo führte das hin, wenn alle Parteien ebenfalls auf die Idee verfielen, ihre Schuhe vor dem Eingang der Wohnung abzustellen. Eine Überfüllung der Treppenhäuser und Treppenaufgänge wäre die Folge, und damit müßte ganz allmählich eine leichte Unordnung hingenommen werden, die sich außerhalb der Gesetze eines ordentlichen Lebens in eine Verwahrlosung hineinsteigern könnte.
Aber schon an den Schuhen hat man mich verpaßt.
Wären die Schuhe nur einmal umgekippt, lägen oder stünden unordentlich, behinderten gar den Aufgang zur Treppe, hätten sie diese zum Kern einer Auseinan-

dersetzung, zum Vorwand einer Rüge machen können.

Aber die Schuhe zusammen mit der Beklemmung über das, was hinter den Schuhen steckt, haben die versäumte Rüge in eine Lähmung, eine Verhaltensstarre gewandelt, die das Haus und ihre Bewohner wie eine Festung umgibt.

Und ich bin frei.

Schon viel früher hätten sie den Mut aufbringen müssen, zum Hausmeister zu gehen, der nebenan wohnt, ihm geeint ihre Mängelrügen vortragen müssen, verbunden mit der notwendigen generellen Nachforschung in meinem Leben; denn Sonderlichkeiten, wenn sie sich als beunruhigend und beängstigend erweisen, bedürfen einer Klärung.

Der Hausmeister hätte ein paar äußere Fakten zur Person beisteuern können, doch er ist ein unhöflicher, redefauler Mensch, und die Hausbewohner sind im Grunde heilfroh, wenn sie selbst von seinen üblen Launen und seinen Schikanen verschont bleiben.

So sind der Hausmeister und ich Verbündete geworden. Unser beider Existenz bestimmt das Leben hier im Haus, wir bewirken eine zunehmende Atemnot, eine gedankliche Vergiftung unter den Mitbewohnern. Und das Haus ist den ganzen Tag über ohne Männer. Die Ehemänner kommen erst abends zurück, die Frauen sind mir sprach- und wehrlos ausgeliefert, wenn ich vor meine Haustür trete, bei verschlossener Tür, mit dem Rücken gegen den Treppenaufgang, still und mechanisch in die Schuhe schlüpfe und ohne eine Erklärung, ein verbindendes Wort, allein das Haus verlasse.

Ich habe den gesamten Tagesablauf, den Reinigungsplan, die Besorgungen jedes einzelnen durcheinander-

gewürfelt. Anfangs richteten sich die Bewohner lauernd auf mein Erscheinen ein, später, als sie spürten, daß mein Erscheinen ihre unbenennbare Beängstigung ins uferlose schüren würde, betraten sie außerhalb meiner Zeiten die Flure oder verließen das Haus.
Aber wenn ich weg bin, bleiben mein Wohnungsschild und die Fußmatte, und wenn ich wieder anwesend bin, das Wohnungsschild, die Fußmatte und die Schuhe. Und sie können nicht darüber reden! Kein Mensch würde es wagen, über mich zu sprechen.
Jetzt nicht mehr.
Obwohl sie nur noch miteinander reden, um vergessen zu können, warum sie nicht über mich reden. Allein dadurch, daß sie sich krankhaft bemühen, meine Existenz nicht auszusprechen, den Graben, der sie von sich zu sich trennt, blind zu überspringen, habe ich mich ihrer bemächtigt.
Es hilft nichts, daß das Haus im besten Zustand ist, abseits von der belebten Straße liegt, sogar umfriedet von einem schmalen Garten mit Bäumen und Sandgruben für die Kinder, das Innen und Außen also in üblicher Harmonie erscheint. Bis ich hinzuzog.
In die untere Wohnung, die jedem Bewohner in der Aufteilung und den Einrichtungsmöglichkeiten vertraut ist.
Es hilft ihnen nichts.
Schlimmer noch: Durch einen Teil der Kenntnis meiner Person erscheint ihnen mein Leben, die Ungereimtheiten, welche sich in den bekannten Wänden abspielen, um so absurder und unerklärlicher. Allen konnte klar sein, daß in die frei gewordene Wohnung ein Mitglied der Gesellschaft, ein Mensch wie sie alle, wie jeder ziehen würde, obwohl es sich rasch herumgesprochen

hatte, daß eine alleinstehende Frau die Wohnung neu belegte.
Dennoch durften sie erwarten, daß diese einer geregelten Tätigkeit nachging; wo und was, hätten sie herausgefragt während des üblichen Gesinnungsaustausches von Frauen; notfalls hätten sie sich untereinander einladen können zu Kaffee und Kuchen.
Und nun das.
Heute sind die Schuhe vor meiner Tür bereits ein Ausrufezeichen für eine fremde, große Krankheit, die nur zu heilen ist, indem sie totgeschwiegen wird.
Um nicht deutlich werden zu lassen, daß sie verbissen und einsam jeder gegen mich kämpfen, und damit sich die schreckliche Zuspitzung verbirgt, haben verschiedene Mieter nun begonnen, eine Zeitlang ebenfalls die Schuhe vor ihre Tür auf die Fußmatte zu stellen. Zaghaft und stündlich begrenzt, eine Absprache und ein Schichtwechsel ohne Worte. Sie hoffen, mir damit weiszumachen, daß sie sich keinesfalls von der Trägerin der Schuhe beunruhigt fühlen, daß es ganz klar nur um eine Ordnung im Haus und vor der Wohnung geht.
Aber ich spüre alles.
Auch, daß sie mir, in die Nachahmung verpackt, beweisen wollen, daß sie sich solche Nachlässigkeiten leisten können und daß sie nicht, wie ich vielleicht annähme, durch die schleichende Zersetzung der Norm in meine Verwahrlosung hineinschlitterten.
Voreilig verziehen sie mir meinen Möbeltransport mit den zusammengeklaubten Wohnstücken, das Provisorium, das sie gleich während des Einzuges bemerken mußten. Auch meine Schweigsamkeit nahmen sie hin, den ungepflegten Aufzug, den sie der Tatsache eines Umzuges, einer äußerlichen Unordnung, zugute hal-

ten konnten. Das Alter und das Geschlecht blieben noch irgendwie erkennbar, und sie gewährten mir großzügig Verständnis, daß ich erst einmal zur Ruhe kommen müßte, in eine Klarheit wie sie.

Und nun das.

Ohne Absprache untereinander verbünden sie sich jeden Tag fester gegen mich. Und das können sie nur erreichen durch lückenlose Gleichzeitigkeit ihres Tagesablaufes, ungestört – meine Person nicht beachtend.

Sich von morgens an durch die Gewißheit ihrer Handlungen gegen mich zu stärken zieht eine Verdoppelung, eine Intensivierung aller Hausarbeiten nach sich, täglich wächst die unterirdische Fließbandarbeit für den Haushalt. In allen Stockwerken rumort es, als liefen sämtliche Beine im Gleichschritt, jede, selbst die unnötigste Arbeit unterliegt einer Verstärkung.

Ein äußeres Zeichen ihrer Verschwörung ist das heraushängende Bettzeug. Wenn es das Wetter auch nur einigermaßen gestattet, fließt aus allen Fenstermäulern das Weiß der Betten, so lange, bis die Sonne in die andere Seite des Gartens fällt, dann wird wieder wie auf Absprache das Bettzeug hereingezogen und in die Betten geklopft und geschüttelt.

Danach herrscht ein Gewerkel in den Küchen, und wieder als Zeichen ihrer unverletzlichen Gemeinsamkeiten, ziehen durch alle Flure Schwaden von Essensdüften. Abends – wenn die Männer kommen – fühle ich ihre Entspannung, ihre Erleichterung über die Aufhebung ihrer Pflichten gegen mich, dann leben sie in einem sinngebenden Zirkel unter der Schirmherrschaft ihrer Männer, und sie sind entlassen aus dem kraftzehrenden Verhältnis.

Nur Frau Büngert, die keinen Mann, doch ein unehe-

liches Kind hat, leidet gerade am Abend die schlimmsten Qualen.
Sie wohnt genau über mir. Ich spüre ihre hektische Suche gegen mein Leben, sobald sie von den anderen einfach abgeschnitten wird, der Kreislauf zerbricht, mit dem sie mir die Richtigkeit ihrer Lebensform aufzwingt. Ausgerechnet sie, die es ohnehin schwer hatte, den Anschluß an das Haus zu finden. Und nachdem sie es mit besonderer Anpassung und der Toleranz aller endlich geschafft hatte, komme ich.
Durch mich wird ihr Kind jeden Tag wieder geboren. Ich kann deutlich die Entfremdung zwischen Mutter und Kind wahrnehmen. Tagsüber verrichtet sie die Arbeiten genau wie die übrigen Frauen, wobei es keine Rolle spielt, daß abends kein Mann nach Hause kommt. Doch später, wenn sie das Kind zu Bett gebracht hat, alle Bewegungen aus ihr herausfallen, vervielfältigen sich ihre Zerwürfnisse wie die Arbeiten tagsüber. Sollte sie sich vielleicht doch mit mir zusammentun? Weil das nicht geht und sie sich andererseits tiefer Sympathie gewiß sein müßte, um die entstehende Barriere zwischen sich und den restlichen Hausbewohnern zu meistern, muß der Gedanke als ganz unmöglich erscheinen. Ich höre, wie sie sich auf das Sofa niederläßt, es ist ein Sitzen, von dem sie sich kaum mehr erheben kann. Nicht nur, daß sie schon mit dem Makel des Kindes behaftet ist, ein verzeihlicher Fehler, wie ihr die anderen bewiesen haben, so führe ich ihr noch andere Konsequenzen vor, die doppelt niederdrücken, weil sie mit den übrigen überhaupt nichts zu tun haben.
Ich überziehe sie mit Schüttelfrost allein durch die Vorführung meiner Einsamkeit, die ohne Frage, weil sie ebenfalls ohne Mann lebt, in ihre Zukunft einfallen

könnte. Bis jetzt konnten sie den schrecklichen Gedanken gemeinsam beiseitearbeiten.
Und nun?
Soll sie jetzt, wo sie schon mit dem Makel des Kindes belastet ist, vor mir den Mut aufbringen, Männer in ihre Wohnung zu bitten? Erst durch mich und ihre Begegnung in sich wird ihr bewußt, daß gerade der Fehltritt sie zwingt, vorbildlich zu leben.
Die Tatsache, daß sie einen Schritt gegen die Norm gesetzt hat, würde sie unweigerlich durch zwei oder drei Männerbesuche zur leichten Frau, später, wenn es einreißen sollte, zur Dirne stempeln. Ich fühle durch die Decke, wie sie an sich herumkaut, wie sie die wuchernden Ängste zu drücken versucht und wie sie sich hinterrücks, als Strafe für die Verdrängung, massiert wieder aufbauen.
Wenn sie oben herumläuft, bis tief in die Nacht hinein, ist mir, als vernähme ich ihr Stolpern und Fallen, ihr Laufenlernen mit endlos nachwachsenden Beinen und Armen.
Manchmal spüre ich, daß in ihrer Ratlosigkeit wieder der Gedanke hochsteigt, einfach bei mir anzuklopfen, sich zu setzen, mit mir ein Glas Wein zu trinken, sich nach meinem Leben zu erkundigen und, vor allem, Nachforschung zu halten, wie eine Frau so leben kann. Selbstverständlich hofft sie, dabei in Erfahrung zu bringen, daß ich Sorgen und Ängste habe, weit mehr als sie. Dann könnte sie sich beruhigt sofort von mir distanzieren, denn doppelt brauchte sie die Gewißheit nicht, aber sie wäre erlöst von den Zweifeln, ob es mir trotz des trostlosen Lebens besser ginge oder ich gar ein Rezept in Händen hielte, das mir ein anderes Leben möglich und leichter machte.

Wenn sie endlich im Bett liegt, dem Tag das letzte Licht genommen hat, rächen sich die Träume an ihr, präsentieren ihr den Ausgang ihres eingeschlagenen Lebensweges.
Nur tagsüber lebt sie ohne die Verfolgung, noch gerettet, aufgefangen durch den Nachvollzug des Lebens ihrer Mitbewohner. Und weil sie mich nun so fürchtet wie die Dynamik ihrer Ängste, kann sie meine Wohnung erst recht nicht mehr betreten, um aber nicht beargwöhnt zu werden, muß sie vor den anderen auf der Hut sein, die ebenfalls gegen mich leben, aber abends erlöst werden und sich deshalb mir gegenüber eine Scheintoleranz leisten können.
Das Haus ist jetzt von oben bis unten angesteckt mit etwas, das nicht wegzuputzen und herauszulüften ist.
Alle tragen es in sich.
Ich spüre von jedem jenes kriegerische Abwarten. Von früh bis spät: ein Leben unter Wasser.
Gerettet wären sie, wenn sie eines Morgens herunterkämen, und die Schuhe wären weg. Von mir kein Zeichen, die Schuhe blieben verschwunden, die Matte unberührt; irgendwie und irgendwo wäre mir etwas zugestoßen. Tagelang und heimlich würden sie meine Matte betasten, im Vorbeigehen das Ohr an die Tür drücken. Nichts.
Lange würden sie keinen Ton verlauten lassen, denn es könnte sich als Täuschung erweisen und die gesagten Worte, die gezeigte Erleichterung würden sie in ihre eigene Falle treiben.
Allerdings – wenn ich eine lange Zeit über verschwunden bliebe, könnten sie zum Ausdruck bringen, daß jede schon lange geahnt hat, und wie jetzt zu hören ist,

auch alle anderen ahnten, insgeheim und mitfühlend natürlich, daß solch ein Leben nur mysteriös enden kann.
Und sie wären gerettet.
In ihr altes Leben zurück.
Aber ich bin da. Meine Schuhe stehen vor der Tür. Und ich gehe nur selten weg, um mir das Notwendigste zu besorgen, in einem Laden, den die Bewohner meiden, weil er sie an mein Provisorium erinnert.
Vor Monaten redeten sie noch, unten vor dem Aufgang der Treppe, standen gruppiert um den gebohnerten Holzknopf des Geländers.
Heute stehen sie kaum noch, alle ringen in einem Schwitzkasten gegen eine sich mehr und mehr verdichtende Bedrückung, einen Luftmangel. Alle atmen falsch, jedes Luftholen verursacht ein sekundenlanges Stechen in der Brust, im Hals, die Ohren knacken, als rasten sie, sämtliche Insassen des Hauses, in überhöhter Geschwindigkeit aus Talmulden nach oben über Pässe und wieder herunter.
Frau Achemer hat seit meinem Erscheinen nur noch gegen den Schmutz, eine neblige Verwahrlosung, das Abbrechen von Ecken und Kanten, Schmutzfliegen und den Staub zu kämpfen.
Wie liebenswert waren bisher ihre Fehler. Ihr Hang zur aufgeräumten Unordnung, die Anzeichen einer Verschmiertheit über dem rundlichen Körper, ihr nie endendes Gewerkel von Zimmer zu Zimmer, mit Unterstützung der drei Kinder.
Und nun?
Allein durch mein Dasein, mit ihr Tür an Tür, wird ihr aufgezeigt, wohin derartige Nachlässigkeiten führen können. Noch nie hat sie meine Wohnung von innen

gesehen; und doch, da braucht sie nicht erst nachzusehen: Wer sich gehenläßt, endet böse!
Und den ganzen Tag lang huscht sie verängstigt an ihren Spiegeln vorüber, die sonst nur Blankheit widerspiegelten, kontrolliert sich, ihre Kleidung, ihre ganze Erscheinung, stellt fest, daß sie unverkennbar altert, die Formen kaum mehr zu retten sind, wie spät sie ihre Energie einsetzt, viel zu spät; wie es sie jetzt belastet, niedergeschlagen und nervös macht.
Der Tag verlängert sich in Kürze: Mehrmals sich umziehen, sich reinigen von oben bis unten, aus der Wohnung, an sich und aus sich den Belag des Unterganges verbannen, die Kinder schleunigst auf den rechten Weg bringen, auch ihnen jenen Hang zur Unordnung, zum unkonzentrierten Vorsichhinarbeiten abgewöhnen, ihrem Mann beweisen, daß sie und ihre Familie so niemals enden könnten.
Erst durch mich ist auch ihr Mann auf ihre uralten Schwächen aufmerksam geworden, denn im Haus lebt jetzt eine Frau, bei der genau zu erkennen ist, wohin das Ganze führt.
Auch er verlangt nun täglich sein frisches Hemd, wäscht jeden Abend seinen Haarkranz, gegen die Schweißperlen in der Mitte des kahlen Kopfes, die verschwitzten Haare im Nacken. Und was er mehr tut, verlangt er von ihr doppelt, wortlos und selbstverständlich, ein zusätzlicher Aufwand, um noch mehr zu werden, was die anderen sind.
Und ich liege auf dem Sofa.
In Ruhe und allein höre ich, wie in der Küche, im Bad fortwährend die Wasserhähne laufen, die Familie gegen den Staub arbeitet, der wie Sprühregen aus jeder ihrer Bewegungen über der Wohnung schwebt, sich auf

sämtlichen Oberflächen ablagert, in Ritzen kriecht, aus dem Boden quillt, sie zusammen erstickt und einmauert.
Einige Sätze von mir, wenn sie im Flur den gebeizten Boden putzt, hätten genügt, um sie zu retten und mich tiefer zu isolieren.
Aber ich schweige.
So auch Frau März, die zweite Frau im ganzen Haus ohne Mann und ohne Kinder. Bis ich kam, sicherte ihr das Alter – etwa sechzig – einen festen Platz in der Norm.
Sie hatte doch lange genug auf einen Mann gewartet, gebührlich und ergeben; alle im Haus wußten davon und respektierten es. Weil es für sie und die übrigen ohnehin ein lebenslanges Unglück darstellte, hatte man sie, auch weil sie mit allen gemeinsam an einem Strick zog und ihr Lebenslauf vollkommen in den anderen aufging, fast so aufgenommen wie jeden.
Bis ich kam.
Seit dieser Zeit läuft sie nun Gefahr, mit mir in einen Topf geworfen zu werden. Der Altersunterschied zwischen uns kann keine Rolle mehr spielen. Ist ihnen bislang doch entgangen, daß Frau März im Grunde ebenso eigenartig und undefinierbar ist wie ich? Und – was haben sie an Mühen und Verständnis in sie hineingesteckt!
Anfangs bemühte sie sich, mit mir in Kontakt zu kommen, denn gerade für sie wäre es rettend gewesen, den Schleier über mir zu lüften und mich nach und nach den anderen schmackhaft zu machen. Jetzt geht das nicht mehr.
Ich spürte genau den Moment, von wo an sie an den Rand gelebt wurde, von wo an man sie erneut in ihre

Vergangenheit warf. Seit meinem Erscheinen leidet sie nun unter Mickerchen und Krankheiten, jeden Tag hat sie andere Beschwerden, obwohl sie immer noch, wenn auch mit schwindender Kraft, dem Ritus des Tages nacheifert, in genauer Übereinstimmung. Aber die Beargwöhnung wächst.
Und jeden Tag fallen ihr die einfachsten Arbeiten schwerer, sie stöhnt und hält zur Stärkung Selbstgespräche. Nachmittags geht sie heimlich in die Apotheke, holt sich Mittelchen. Ihr Klagen vor den anderen würde nichts nützen, denn die wissen genau Bescheid: Bei einem derartigen Leben können Krankheiten nicht ausbleiben, ja – sie sind das Resultat eines lebenslangen Egoismus.
Und das erhöht ihr Leiden, während sie täglich und stündlich mehr ausgestoßen wird. Keiner sagt das, und doch wird um sie herum der Friedhof aufgeschüttet. Und so erreichen mich ununterbrochen ihre Selbstgespräche, die Wortketten ohne Ziel, die sie immer wieder allein schlucken und von sich geben muß.
Spät abends, wenn alle anderen schlafen, ist ihr Schlurfen über mir, das Worttropfen, ein Ziehen an Schubläden, ein Schleifen von Kartons, das Wühlen in alten Briefen und Fotos.
Endlich möchte sie eine nachträgliche Erklärung finden für ihr lebenslanges Gleich-und-doch-Anderssein, das sie nun an den Rand des Todes bringt, weiter nicht. Und ausgerechnet dort wohne ich, wo sie sich dauernd vorbeiwinden muß, mit eingezogenem Atem, verschlossener Nase, um nicht noch schwerer infiziert zu werden.
Immer stehen die Schuhe vor der Tür, diese Verbreiter von unfaßlichen Bakterien. Ich höre, wie sie auf die

Haustür zuhastet, die Klinke drückt und aufatmend ins Freie enteilt, einige Schritte im Laufschritt nimmt, um vor den anderen ihr Leiden zu verbergen, und dann am Gartenende gebückt und beschmerzt die Straße erreicht. Ein paar Sätze von mir hätten sie noch retten können, am Anfang.
Jetzt ist es zu spät.
Sie hat auch ohne mein Zutun eine neue Festung in sich aufgetan, von der sie ihr Leben gegen mich errichtet hat.
Ich weiß es, denn die Nächte sind wieder ruhig, und sie hat sich ganz und gar in das Leben der anderen gehängt. Solange sie die Kerben des Tages nicht böswillig ändern, kann sie immer noch, mit letzter Kraft allerdings, den Anschluß halten.
Während inzwischen die Tage immer düsterer werden, sich die Frosttage kaum noch von der Dunkelheit erholen, ich immer seltener vor die Tür gehe, meine Schuhe fast pausenlos auf der Matte stehen, ist deutlich zu fühlen, in jedem reift es: Es muß etwas geschehen!
Und ich tue nichts anderes, als ihrem Gestrampel und Getuschel zu lauschen.
Es rieselt die Wände abwärts, meine Wohnung ist eine einzige Echofalle, und die anderen denken, daß ich nichts fühle als ihre passive Feindschaft, eine aufsässige Hilflosigkeit mir gegenüber, ein Zuschütten und Vergessenmüssen meiner Person, damit endlich jene körperlich gewordenen Zweifel und Ängste getilgt werden.
Es muß etwas geschehen gegen dieses Haus, das auf den Rücken gefallen ist und wie ein sterbendes Schalentier in die Luft strampelt.

Ich fühle den Gedanken aufkommen: Jemand außer mir, egal wer, muß endlich über die Schuhe stolpern. Ich vernehme deutlich am Knarren der Treppe, daß sie von oben herunterschleichen, verstohlen und einander ablösend, und nach den Schuhen schielen. Es müßte jemand sein, der schon von der letzten Treppe abwärts auf die Matte zustolpert, um dann, in einem nicht ungefährlichen Satz, über die Schuhe zu fallen. Derjenige könnte sich unter schlechten Umständen sogar ein Bein brechen. Ich fühle, auch das würden sie opfern. Doch es stolpert niemand!
Später höre ich, wie sie abwechselnd in geheimer Absprache sacht die Türen öffnen, um heimlich die Flurlichter zu löschen.
Den ganzen Tag über schwärt der Flur in den Dämpfen des Mißtrauens, der Zwietracht und des Dämmerlichtes, abends sogar in völliger Dunkelheit.
Nicht einmal dann fällt jemand.
Nach Feierabend kommen die Männer, ich höre sie sich die Flurwände entlangtasten, bis sie dicht an meiner Matte fluchend das Flurlicht anknipsen. Selbst sie stolpern nicht, obwohl sie ganz nah an meinen Schuhen vorbei müssen. In der abgestandenen Schweigsamkeit nehmen die Männer die Treppen nach oben. Aus den Wohnungen überfallen mich ihre Streitereien wegen der gefährlichen Dunkelheit im Flur.
Jeden Tag wiederholt sich nun der Vorgang, niemand rutscht aus, aber dafür sind die Nerven der Frauen den Tag über gespannt wie bei einer Jagd.
Meine Schuhe stehen immer noch aufrecht, kein Mensch hat sich etwas gebrochen, nur die Streitereien, die scheinbar immer weniger mit mir zu tun haben, werden heftiger und böswilliger.

Wenn jetzt die Männer morgens das Haus verlassen, ist es, als laufe jede mit einem Gewehr bewaffnet herum, keine weiß, wer auf wen zielt, das Haus scheint nur aus Ecken und Winkeln, Hinterhalten und Schanzen zu bestehen.
Und ich bleibe ungerührt.
Sobald das Wetter einigermaßen schön ist, ziehen die Kinder um elf Uhr in den Garten, vorbei an meinem Fenster, Hand in Hand verkettet, damit sie sich nicht in meiner Reichweite aus den Händen verlieren, während in den Wohnungen die Bettsachen aus den Fenstern quellen, die Besen über die Böden fegen, die Staubsauger sich in die Teppiche fressen und immer wieder zwischendurch das Licht gelöscht wird, eine um die Türbarrikaden der anderen schleicht.
An meine rechte Hauswand höre ich die Kinder Bälle werfen, in kindlicher Unbekümmertheit, wo doch das Haus immer noch auf dem Rücken liegt.
Vom Fenster aus kann ich manchmal eines der Kinder dem Ball nachlaufen sehen, wie sie sich flink bücken, sich umsehen, ob auch mein Fenster noch weit genug entfernt liegt.
Der freie Platz vor meinem Fenster bis hin zu den sechs Buchenstämmen am Ende des eingezäunten Grundstücks ist von Wasserlöchern durchzogen. Dunkle Pfützen mit Regenwasser aus der Nacht, die kreisförmig wie ein Minenfeld um meine Wände aufgebrochen sind.
Und ich beobachte, wie sich das Weiß der Betten in den Pfützen spiegelt, wie sich ab und zu eine der Frauen aus dem Fenster beugt, um nach dem Verbleib der Kinder zu sehen.
Plötzlich wird der Ball gegen meine Wand geworfen, er

prallt zurück in eine der vielen Pfützen und bleibt darin liegen. Direkt vor meinem Fenster.
Ich stehe versteckt hinter den Gardinen, spüre die ratlose Aufregung der Kinder. Dann kommt das dreijährige Mädchen um die Ecke gelaufen, vergißt einfach alles, will nur den Ball wiederhaben, der vor mir in der Pfütze liegt. Sie springt über einige Wasserlöcher, das Wasser spritzt auf, und klatschnaß außer Atem bückt sie sich, drückt den Ball an sich.
Mich kann sie nicht sehen, und doch, als täte sich vor ihr ein Abgrund auf, bleibt sie steif und aufrecht mit dem Ball in der Pfütze stehen, rührt sich nicht von der Stelle, fühlt sich von den Spiegelungen, den Wasserkratern umzingelt. Die anderen Kinder stehen drumherum, rühren sich nicht; stehen in der Nähe der Buchen, tonlos vor Schreck, beobachten, wie nun die Kleine zu weinen beginnt, sich im Kreise dreht, von den Pfützen und von allen Seiten bedroht ist. Immer wieder setzt sie einen Fuß aus der Pfütze heraus, zieht ihn schnell wieder ein, wiederholt es, ohne aus dem Kreis zu gelangen.
Und dann beginnt sie, laut zu weinen, und die anderen reden laut und gestikulierend auf sie ein, rufen sie, rühren sich aber nicht vom Fleck. Stehen mit dem Rücken zu den kahlen Buchen, strecken ihr die Arme entgegen, die nicht bis dahin reichen.
Dann läßt sie den Ball wieder in das Wasser fallen, hält die Hände vor das Gesicht, um nichts mehr sehen zu müssen, schreit die oberen Fenster an und stampft mit den Beinen.
Die anderen stehen immer noch still und erschreckt, haben es aufgegeben, ihr hilfreich beizustehen.
Ich höre die Frauen aus den Fenstern rufen, wieder das

Kind anreden, beschwichtigen, ihm befehlen, weiterzulaufen. Die Frauen werden wütend, und das alles vor meinem Fenster, und das Kind weicht nicht.
Es steht und schreit, die anderen rühren sich immer noch nicht.
Dann eilen einige der Frauen die Treppe nach unten, versuchen von der Seite her, von der linken Ecke des Gartens, auf das Kind einzuwirken.
Sie stehen links in einem Halbkreis, toben und wettern, strecken nach ihm die Arme aus, die nicht bis dahin reichen. Das Kind hat nun wieder den Ball aufgenommen, macht nochmals einen Versuch, erstarrt aber gleich wieder, schreit nur noch lauter, blickt nach allen Seiten über die schrecklichen Pfützen hinweg zu den Menschen, die gelähmt um mein Fenster stehen und sich nicht bewegen.
Dann mache ich das Fenster auf, das Kind steht so dicht davor, ich könnte es schubsen, den Leuten das Kind wieder zuführen.
Mein Fenster ist noch nicht richtig geöffnet, die Angeln quietschen nur, da herrscht schon Stille. Im offenen Fenster stehe ich vor den versammelten Leuten, die ohne einen Ton reglos stehen und auf mich glotzen, als hätten sie dahinter niemanden vermutet. Das Kind hat sich noch nicht einmal umzudrehen brauchen, das Aufstoßen des Fensters hat genügt, um es augenblicks zum Schweigen zu bringen.
Und was für ein Schweigen! Von hinten ist es dem Kind in den Rücken gefahren, und sekundenlang hat sich kein Muskel bewegt.
Die Umherstehenden sehen der Stille zu, als müßte das Kind darunter zusammenbrechen, als wäre das Kind unrettbar verloren, als wären sie betroffen über ihre lä-

cherlichen Versuche, das Kind noch einmal zum Leben zu erwecken. Plötzlich richtet sich das Kind auf, ohne mich gesehen zu haben, und rast dann mit fliegenden Armen der Mutter zu, quetscht sich zwischen ihre Beine. Es fällt Bewegung in die Gruppe, und sie streicheln und hätscheln das Kind, drücken es an ihre Wangen, mit dem Rücken mir zugewandt, die Gesichter auf die Buchen.

Noch während ich das Fenster schließe, vernehme ich, wie sich die Gruppe sammelt, sie einhellig und erlöst dem Hauseingang zustreben, das Kind umhegen und beschwichtigen. Zum erstenmal kracht wieder die Haustür ins Schloß, wird drinnen von den Frauen das Licht angemacht, und bei ihrem Vorbeiziehen an meiner Tür höre ich, wie jemand gegen die Schuhe tritt, daß sie umfallen und gegen meine Wohnung fliegen.

Es war kein Stolpern, es war ein gezielter Fußtritt.

Und morgen, gleich morgen in aller Frühe werden sie geeint zum Hauswart gehen, denn endlich wissen sie, was sie ihm sagen werden.

Die Macht des Kopfkissens

»...dann die weich geschwungenen Wiesen...
und wie sie sich an die Berge anbiedern.
Alles verlogen!«

Mach schon! Mach schon! ... Hier – ein leeres Abteil. Vorsicht! ... Du reißt mir noch die Augenbraue runter!
Drehen, den Koffer drehen! ... So ist es gut!
Nun aber rein damit! Setz dich erst mal, besetz den Fensterplatz.
Nein – den doch nicht! Langsam solltest du wissen, daß ich niemals rückwärts fahre!
Ja – und nun?! ... Mein Koffer? Du bist komisch, soll ich den etwa selbst hochbugsieren?!
Ja – mit Schwung, mit Schwung – hoch über den Kopf!
Na? War's so schwer? – Und gleich die Tür zu, es zieht!
Zufrieden, Schatz? Mach nicht dein übliches Salpetergesicht... Gib mir mal lieber gleich dein Jackett her. Nein! Nein – nicht aufhängen, da reißt doch bloß der Aufhänger ab!
Und steck mal dein Hemd rein und kämm dir durch die Haare... Überhaupt: Scheitel stehen dir ganz und gar nicht, eine Furche... bis auf die Kopfhaut... ja wirklich... wie mit der Egge gezogen! Lisa hat dich ein paarmal angesehen, daß ich mich geschämt habe.
Auf Spießigkeiten reagiert sie allergisch. Über Mode und die anderen Vorteile des Selbsterwerbs weiß sie

nun wirklich Bescheid. Erich... ein Ausrufezeichen, mit teuersten Anzügen behängt, gut durchparfümiert und auf klobigen englischen Absätzen... aber vor allem: immer ein paar Selbstzweifel zur Hand... ach – bloß weil Lisa inzwischen mehr verdient als er!
Und die Tochter – ganz düsteres Symbol der Moderne... Ja – ja, ich weiß, ich darf das nicht sagen!
Na – sieh dir die Landschaft an! Hier könnt' ich nicht leben. Endlich weg und heim!
Diese Schönheitsschnörkel an den Häusern, dann die weich geschwungenen Wiesen... und wie sie sich an die Berge anbiedern. Alles verlogen... Ich weiß! Ich weiß!
Aber ich bin froh, wieder in was Flaches, Unaufgedonnertes zu kommen. Unsere Landschaft lügt nicht.
Sieh doch! Da hinten... Rehe! Links! Links... Ein ganzes Rudel... ach! Jetzt sind sie weg!
Gib mir mal gleich die braune Tasche runter, ich mach dir deine Äpfel, die hast du heute morgen hartnäckig übersehen. Stimmt doch?! Leg dir die Serviette unter. Die Flecken gehen nie mehr raus; auch die Apfelsäure wird immer penetranter. Sind doch alles schon geklonte Dinger, einer wie der andere... laubfroschgrün und kugel-, kugel-, kugelrund – Schadstellen ausgemerzt.
Diese Sorte nennt sich Morgenluft, die ist neu, wird dir schmecken. Nein – du faßt sie mir nicht erst an, ich geb' sie dir in den Mund. Na – mach auf... Himmel! nicht so weit, ich wollt nicht gleich den Ast mit reinstekken.
Also – einen für den Eckzahn, einen für den Weisheitszahn, einen für den Stiftzahn... so ist's recht. Und – Liebster, schmatz nicht so, du weißt, ich spür' das bis in

die Haarwurzeln... allerdings – Paprikaschote ist unvergleichlich viel ekelhafter.
Lisa ist direkt von brutaler oraler Naivität: Beißt in die knallgrüne Schote rein, als müßte sie beweisen, daß man einen neuen Satz Zähne hat, sobald man wieder berufstätig ist. Und wie sie sich beide abends anprahlen... stundenlang mit wollüstiger Gleichgültigkeit.
Achchch... mach den Mund auf, los... sonst fallen mir noch die Abschnitte runter! Mann und Frau eine aufwühlende Trostlosigkeit!
Iß schneller, kaust drauf herum, als wär's ein Fahrradschlauch. Die Liebe ist der Liebe, ist Liebenden Halt – nicht von mir. Aber gut, nicht wahr?
Sieh mich nicht so entleibt an. Mund zu beim Kauen!
Ja – Großes muß sich als groß erweisen, die Weltlandkarte ist heut' als Lätzchen zu tragen. Und ich – bin klein, mein Versagen ist mein... im Haus, am Herd – zwischen Tiefkühltruhe und Anrichte... zwischendurch verschollen in den Labyrinthen der Abstell- und Besenkammern. Der Kochlöffel ist meine Zauberflöte!
Ich hab's überwunden... du nicht! Dieser Zwang heutzutage, sich in einem Großraumbüro vom Neonlicht bleichen zu lassen – und als Negativ abends heimzukehren.
Paß auf! Dir läuft Saft runter, dein Hemd! Hier – ein Taschentuch, nimm schon... An der rechten Ecke, nein – da doch nicht! Ach... gib her, ich mach schon... Zuck nicht so zusammen. – Nein – wie du mich ansiehst! Du findest mich erbarmungslos. Meine Worte, meine Sätze sind mein Gewehr.
Nichts vorzuhaben ist das gefahrvollste Vorhaben. Nicht von mir, dennoch – denk mal drüber nach!

Aber ich bin doch eine gute Gärtnerin deines Lebensbeetes, nicht wahr? Gib das doch wenigstens zu!
Runter damit... nicht im Mund behalten. Das ist das reinste Apfelmus, sieht aus, als hättest du Mumps. Was? ...Wie? ...Doch nicht mit vollem Mund, bitte!
Noch einen Apfel von der Sorte Morgenluft, dann die zerknitterten Bosköpfe, gut? Keine Widerrede! Du weißt, was der Zahnarzt gesagt hat: Äpfel und noch mal Äpfel, sonst fallen dir noch alle Zähne aus. Für deine Parodontose sind Äpfel wie für den Teufel das Kruzifix. Also – weiter, iß!
Doch – mein Liebling, ich weiß ja, du bezahlst mich gut für meine Prostitution an den Umständen... Und mein Gemüt bleibt heiter, stimmt's?
Kannst mir glauben, die ganze Emanzipation, diese Bewußtseinsraserei hat sich längst als Pubertätsphase entpuppt... rucke-di-gu, Blut ist im Schuh... auch im flachen! Alles Hundegekläff, der Garten Eden rülpst, es stinkt nach verfaultem Denkabfall... und bei mir im Haus nach Schmutzwäsche und Sauerkraut. Basta... Ein Leben für dieses gewisse Nichts, ob drinnen oder draußen... egal.
Paß auf! Die Kerne! Sie sind dir auf die Hose gefallen. Steh auf! Schnell... ach – Liebster, dich würden solche Frauen wie Lisa reißen. Diese wütende Schar der Adler. Du große Güte: Wehleidigkeit und Despotismus deine Grundzüge... allerdings – ohne Apfel.
Du schmatzt schon wieder. Merkst du das nicht?! Es knirscht und kracht, als würdest du deinen eigenen Adamsapfel zerbeißen.
Stört dich das nicht? Schmatzen, katschen, ach – eigentlich das ganze Kauen und Schlucken ist für mich so

schrecklich, als würde mir jemand mit dem Topfkratzer die Nerven scheuern.
Ich weiß, was du denkst! Doch – doch, du bist großmütig. Ich hab' versagt... bin bloß ein Hauspussel geblieben, ein Fragezeichen aus der Vorgeschichte der Frauen.
Aber vergiß nicht: Was ich mir in den letzten Jahren an Bildung und Wissen und Fertigkeiten angeeignet habe... der Töpferkurs: Im ganzen Haus stehen die gebrannten Zeugen als Vasen, Aschenbecher, betende Hände und Briefbeschwerer. Fremdsprachen: Italienisch, Spanisch und Englisch. Zu guter Letzt – ein Intensivkurs in der Toscana. Aerobic bis zum Muskelplatzen... übrig geblieben sind die erdbeerfarbenen Trikots, die dir noch einmal ein Feuer ins Auge trieben.
Danach ein bißchen lauter: Schlagzeug vom Kochtopf bis zur Rumbatrommel... ich weiß, das hat dir nicht so gefallen! Aber die Hochschulkurse... keine progressive Richtung, der ich nicht schon voraus war... zuallerletzt: meine Malerei und Dichterei... Paß auf! Du beißt mir noch die Finger ab. Hast mich richtig gebissen!!
Ich mach' jetzt größere Stücke, da mußt du aber erst den Rest runterschlucken, nun zu!
Nun denn... alles Eskapaden, die ich ins Gefrierfach gelegt habe, dafür springen mich heut' die Wörter an – wie Zecken.
›Mein schönstes Gedicht – ich schrieb es nicht... aus tiefsten Tiefen stieg es... ich schwieg es.‹* Wieder nicht von mir, aber wunderbar!

* Mascha Kaleko

Täglicher Sturz ins Endliche... meine Sterne: Sternnudeln aus faulen Eiern! Frauen hängen heut' dauernd am Bildungstropf, dann sind sie beschäftigt. Jetzt schmatzt du sogar schon mit geschlossenem Mund!
Doch – ich durfte mich ausbilden... auf deine Kosten, nun hörst du: Ich unterhalte dich angemessen, mein Plappern hat Geist und Gift! Lach nicht! Nun den letzten Boskop, der muß noch weg, dann kommen die Grannys, die magst du nun wirklich, das weiß ich.
Lehn dich doch mal zurück, sitzt da wie auf einem Wildhochsitz, selbst die Krawatte ist erregt. Aber weiteressen, keine Pause!
Georg!! Die Serviette! Sie ist dir runtergefallen! Merkst du das nicht?! Nicht doch! ...Die kannst du nun wirklich nicht mehr umhängen, das Tuch ist die reinste Bakterienfalle geworden. Nun runter damit! Schlucken... die Säure beißt nicht!
Es ist die Landschaft, die reizt mich zum Widerspruch. Na – dir scheint es nicht so zu gehen, auch recht!
Irgendwie bin ich nervös! Endlich – da hinten... eine Laubhügeldrängelei, dürr und abstoßend... nach dieser gezuckerten Postkarte sind mir die Zeugen des Waldsterbens grad recht.
Nicht in die Hand nehmen! Wie oft soll ich das noch sagen... Reinbeißen und schlucken! Es wird Regen geben, sicherlich... oder ein Gewitter, ein Donnern liegt in der Luft, deswegen bin ich auch so ungut.
Kau mal auf der linken Seite. Immer kaust du rechts... alle zweiunddreißig Zähne sollen zubeißen, deshalb ist auch deine rechte Backe so voll. Da muß dir natürlich Saft rauslaufen... Jetzt wieder! Am besten – du hältst die Serviette drunter, hier! Eine neue... nimm schon! Drück sie unters Kinn. Nicht so! Blockierst doch dein

ganzes Untergebiß. Nein – wirklich... nervtötend mit dir: Essen und essen... und das Hirn leidet an Unterernährung.
Was wolltest du sagen?! Ich versteh' nichts... mit überfülltem Mund – wie auch?
Hast du denn deine Parodontose mal wieder nachsehen lassen? Die Äpfel allein machen's ja auch nicht. Und was ist eigentlich mit der Wurzelbehandlung... tut wohl zu weh, oder?
Verdammt! Siehst du! Ich kann nicht mal mehr das Messer halten, alles entgleitet mir... alles! Bück dich nicht auch noch. Wofür hast du mich denn, wenn ich schon nicht weiß, was ein Chip oder eine Diskette ist. Dieses fortdauernde Leben an den Rändern der Unfähigkeit. Im Haushalt heute den Dienst zu versehen ist Rufmord an sich!
Mein Kopf!! Kaum auszuhalten... und sag doch endlich mal, ob dir die neue Sorte gut schmeckt, mümmelst vor dich hin wie in der Strafkolonie!
Mach mal die Heizung aus, aber Vorsicht beim Bücken, daß du mir nicht auf die neuen Schuhe spuckst.
Das nächste Mal kann dir deine Sekretärin die vielen Apfelecken schneiden. Da würde sie auch mal versagen! Jede Wette!
Ständig diese Berufsgekürten um einen! Wohin man blickt, das Anwachsen von Akten, Geschäften und Entwürfen... jede Pore eine Mehrwertproduktion, jeder Gedanke ein Zucken im Erkenntnisschwindel!
Die Tage bei Erich und Lisa, ein einziger lückenloser Beweis, wo man sich überall verpaßt hat. O – ja... Lisa, Bettina und Erich – die haben dir gefallen! Pflegeleicht mit psychischen Vorgängen, die in eine Streichholzschachtel passen, aber voll mit immuner Welt!

Geeint haben sie es endlich geschafft: gestählte Allgegenwart, von früh um sieben bis in den Traum verbunden im Erwerbsjogging... die Tochter ein Findelkind des Luxus, diabolisch gestylt und durch Vorbilder vakuumverpackt. Achch... Frauen sind heute meine natürlichen Feinde – und Männer... meine un-natürlichen!

›Ja – stürmt den Himmel, ein versteinertes Haupt.‹* Ist wieder nicht von mir... und ich bin immer schneller die Inkarnation des Althergebrachten. Und wenn du mich bald Mutti rufst, steht mir die Erregung bis unter den Hals! Siehst du... da lächelst selbst du. Der Granny ist doch gut, oder? Na – sag schon! Bist ja von aufreizender Gesprächigkeit!

Nun tu mir endlich den kleinen Gefallen und iß schneller, das Füttern raubt mir meine ganze Kraft! Ich bin nun wahrhaftig geduldig!

Diese hier, die schäle ich dir. Na – gib die harten Schalen her, genier dich doch nicht, spuck schon aus! Du wärst gern noch geblieben, nicht wahr?! In diesem zermürbenden Verbund des Nützlichen. Er redet wie sie, sie redet wie er – und umgekehrt... und die Tochter rumort gegen beide – und tut das gleiche! Halt!! da war noch der Stiel dran, gib her!

Allerdings die Geschälten brauchst du nun wirklich nicht so gründlich zu zermahlen, die schlucken sich doch von allein.

Ich kam mir vor – an deiner Seite... alles an mir second hand. Ach... du mein Helmer... und ich deine Nora-Travestie!

* Georg Trakl

Die Frauen haben heute als Herz ein Stück Pansen, früher hat ihnen das Geziere und das Ohnmachtsgetue noch einen Hauch von Charakter gegeben. Und was hat sich geändert in der Weltwüstenei?! Jede ist ihr eigener Unternehmer, und jede möchte ein Sokrates sein... dieses Gedrängel – da oben!
Der Zug ruckelt so widerlich, mir ist schon richtig komisch.
Endlich... eine Haltestelle, die Züge überfliegen heute die Städte.
Was meinst du? Wen? ...Ich seh' nichts. Zeig doch richtig hin! ...Ach – die da! Ja, sieht Lisa mächtig ähnlich. Hoffentlich steigt die nicht ein! Hier ist alles besetzt. Leg mal gleich die Tasche auf den Sitz und mach dich breit!
Steht da... als käm's im ganzen Leben niemals mehr aufs Ankommen an. Die steigt nicht ein! Ich mach' mal das Fenster auf, die Luft ist so verbraucht.
Halt mal die Äpfel... ja – und das Messer?! Aber vorsichtig! Klemmt! ...Immer dasselbe: für Frauen verboten! Da kannst du reißen, wie du willst, nichts!
Nein... ich mach's selbst, bin nicht total verblödet! Für einen solch albernen Vorgang dieser Kraftaufwand, typische Männererfindung... verdammt! Grins nicht! Du wartest doch nur drauf, daß du dich augenblicklich unter Beweis stellen kannst!
Achchch... na endlich! Puh... jetzt ist mir wohler! Na – gib schon her, ja – was schon: die Äpfel und das Messer! Was nuschelst du schon wieder?
Bin ich froh, wenn du endlich ein Gebiß hast, der Weg bis dahin ist mit unzähligen Äpfeln gepflastert. Eines sag ich dir: Lisa würde das niemals tun! Jetzt kau aber weiter, wie lange soll ich das denn noch machen?!

Nein! Nicht... das Fenster habe ich aufgemacht, ich mache es auch wieder zu... wann ICH will!
Überhaupt: deine ewige Zuvorkommenheit, mit der du mir meine Dauerhausfrauisierung vor die Nase hältst! Ich habe mich zu Tode geschämt bei Erich und Lisa, ja – die sind stolz darauf, endlich zwei gleichberechtigte Rechenmaschinen geworden zu sein – das ist der Lauf der Zeit, cool nennt man das heute!
Und glaubst du vielleicht, ich hätte überhören können, wie ihr euch auf dem Flur mit berstender Wichtigkeit über Berufe, Berufe unterhalten habt!!
Ich mußte mich in die Küche verkriechen wie eine Analphabetin, das machst du nicht noch einmal mit mir! Ja – jetzt ist es raus!!
Diese verfluchten Kopfschmerzen, alles deinetwegen, mach mal das Fenster zu, es zieht!
Nein – herrjeee... jetzt latschst du auch noch auf die Serviette, das ist nun schon die dritte! Endlich – es geht weiter.
Wie schön... wir bleiben allein.
Niemand will uns!
Auch nicht schlecht, nicht wahr?!
Na – schmeckt's?!

Zerstören, denkt sie

»... ist im Besitz eines schönen Körpers; er gleicht dem Besitz, von dem sie umstellt ist, nur mit dem Unterschied, daß sie ihn mit sich herumträgt ...«

Ja – Ellen Maria B. kann auch anders, wenn es ganz, ganz dunkel, eine Undurchlässigkeit und ein Tod um sie ist, eine Stille sie ummauert, von der sie spürt, daß sie Teil des Todes ist, der ihr von außen her aufgezwungen wird –, ja dann kann sie sogar hassen, fluchen, schreien und schlagen – still in sich hinein – gegen niemand anders als gegen sich selbst – ausgelöst durch die Erkenntnis, daß alles, was jetzt noch um sie ist, immer weniger wird, daß mit jedem Jahr die Stille, das Alleinsein zunimmt und sie sich von Jahr zu Jahr unter wachsenden Qualen immer mehr von innen zu verschönen hat, um immer weniger von außen zu bekommen, sich nicht einmal nehmen zu dürfen, sich schön und angemessen zu verhalten für nichts, für ihren Tod, ihr Sterben, das sie jeden Tag ratenweise stirbt: an der Schreibmaschine, auf dem Weg aus dem Haus, in ihren siebzig Quadratmetern Wohnung, ihrem eigenen Spinnennest, hinausgezögert und schmerzgelindert durch ihre Pedanterien, ihr Kalenderleben, ihre Putzsucht, ihre Sucht, sich in einem Leben, das sich hinter ihren vierzehn Wänden auftut – ihr aber verwehrt wird – abzudrücken: Was sie ist, was sie einmal von sich war, was sie immer weniger für sich sein wird.
Trotz allem: Sie hat sichtbaren Grund, auf sich stolz zu

sein, da ist immerhin noch ihre Wohnung, die bezahlte Einrichtung, die neuen glänzenden Lederkoffer, die sie jährlich 28 Tage in Benutzung hat, ihre Bücher – auch die gelesenen –, ihre Büroarbeit, die sie zwar jeden Tag acht Stunden quält, aber immerhin keine zehn Minuten von ihrer Wohnung entfernt liegt und ihr, das darf sie nicht außer acht lassen, die Möglichkeit zur Unabhängigkeit und Freiheit eröffnet.

Worte wie Freiheit und Unabhängigkeit verwirrten sie, da sie sich angesichts der letzten Nacht wirklich nicht einreden kann, daß sie irgendeine Möglichkeit der Freiheit mit irgendeiner wirklich konsequenten Empfindung und Tat ausfüllt, so daß sie nicht anders kann – wenn sie weiterhin auf ihre äußeren Leistungen stolz bleiben will –, als alle Schuld an die Umstände weiterzuleiten.

In der Schublade liegt ihr Tagebuch, in das sie je nach Stimmung – bei schlechterer mehr, bei besserer weniger – Eintragungen vornimmt.

Sie klappt das Buch auf und liest die wirren Sätze der Vortage, die nur damit zu entschuldigen sind, daß sie sich in einer besonders schwierigen Periode ihres Innern befand, die aber ab heute in Auflösung ist.

Freitag, schreibt sie, obwohl es schon oben steht, dann notiert sie flüssig und ohne Zögern: »Ab Freitag Urlaub genommen, um endlich zu mir zu kommen, endlich...« Während sie Punkte macht, beginnt sie nach oben aus dem Fenster zu sehen, wo sie nichts sieht als eine Wolke unter einem föhnigen Himmel. Dann führt sie den Stift in den Mund, versucht noch einmal ins Schreiben zu kommen, schreibt jetzt merklich langsamer: »Endlich...«, setzt wieder vielsagende Punkte, ein Geheimnis andeutend, das sie auszudenken nicht in

der Lage wäre. Sie sträubt sich gerade gegen die Feststellung, daß ihr beim besten Willen nichts mehr eingefallen wäre, da klingeln und rauschen die Geräte in der Küche. Ärgerlich über die Störung, läßt sie den Stift fallen, eilt in die Küche und bedient die Geräte.
Und während sie hochhebt, abgießt, einlegt und auftischt, passiert es ihr wieder, daß sie ganz und gar hinter ihren Handlungen verschwunden ist, so wie sonst auch von früh bis spät, den ganzen Tag lang, sobald ihr Kopf, ihre Arme, ihre Hände in Schraubzwingen eingespannt sind und unter ihren Fingern nur das herausspringt, was ein Diktiergerät dem Kopf eingegeben hat.
Und auch sie begann, so wie es in Büchern verlangt wurde, ihr Leben auf Verstand umzustellen, ihre Gefühle nicht mehr zum Weltgeschehen zu machen, und sie ging – wie sie glaubte – ihrer verspäteten Mündigkeit entgegen und fuhr fort, weiter die Welt durch die geschriebenen Worte wahrzunehmen, und bei jedem Gedanken, den sie ohne ihn, gegen ihn, gegen seinesgleichen dachte und lebte, geriet sie entschiedener – wie sie glaubte – in die Freiheit eines weiblichen Menschen.
Und dann?
Eines Morgens ging Edgar, da kam sie nicht einmal mehr um tausend Ecken kämpfend auf ihn zu, sie war bereits versiegt und giftlos oder – wie sie damals hoffte – in Aufarbeitung des Gelernten. Edgar suchte seine Sachen zusammen und ging ohne eine Erklärung aus der Tür, ohne sich nur einmal umzudrehen, in einer Einigkeit mit sich und dem Vorhaben, daß sie tonlos in der Küche zum Stehenbleiben gezwungen wurde, ihm sicherlich rasend und weinend nachgelaufen wäre, wenn er ihr nicht so klar vor Augen geführt hätte, um

was sie sich seit Monaten bemühte: das Einssein mit sich und der Mut zu Handlungen, auch wenn sie schmerzen.
Die untragbare Bedrohung, die für sie von allen Konsequenzen ausging, die sie immer nur vorwärts und rückwärts in Furchtvisionen vor Augen hatte und ihr somit jedwede Handlung verunmöglichte, er lebte sie, sie nicht!
Sie war innen plötzlich so öde, als wäre mit Edgar eine Welt versunken, gegen die sie in Aufruhr lebte, und ohne den Kampf dagegen verspürte sie nicht mehr den geringsten Halt in sich, sie war ein Nichts, das im Zweikampf gefallen war.
Ohne zu wissen, was sie tat, rannte sie ins Wohnzimmer, sah durch das Balkonfenster auf die Straße, auf der Edgar um die Ecke bog, dann brach sie weinend auf dem Teppichboden zusammen, verbrachte den ganzen Tag um das Telefon herum, so ratlos und verzweifelt, daß sie dankbar war, als sie gegen Abend voll Neid an ihn und gegen ihn und seinesgleichen dachte.
Der Neid machte es ihr dann endlich möglich, zur Einsicht zu kommen, daß es allerhöchste Zeit wurde, sich auf den Weg zu sich zu machen, sonst nichts!
Ja – sie hat sich danach monatelang und intensiv mit den Büchern und den Theorien beschäftigt, und wenn sie heute an all das denkt, dann fällt ihr nichts mehr ein, nur die Unzufriedenheiten, die vegetativen Störungen sind geblieben; sie besteht aus Stachel neben Stachel, ist von Kopf bis Fuß wurmstichig, nur Spitzen und Stacheln, mit denen sie bei jeder Gelegenheit zusticht, und sie versinkt in ihr Ausgebranntsein, ihre Zukunftslosigkeit, die Vertiefung ihres Selbstmitleides.
Und gleich nach dem Frühstück wurde sie wieder ange-

füllt mit punktierenden Worten, die Ohren, die Schädeldecke sind gespickt mit Nägeln, von ihrem Rücken beginnt der Schmerz vom dritten Wirbel her in den Hals zu laufen, in den Fingerkuppen zieht der Nervenschmerz, so, als würde ohne Unterlaß Wasser auf die Fingerkuppen getropft, und sie vollzieht wieder die Übung, die sie ständig wiederholt, wenn sie nicht tippt: die Finger andauernd aneinanderreiben, um einerseits den Schmerz zu lindern, andererseits die Geläufigkeit zu erhalten, mit der sie wieder den Schmerz erhöht.
Sie wird ein Bad für die Hände nehmen, ein Laugenbad, ein Kamillenbad, ein Wechselbad, in den nächsten Tagen nochmals zum Arzt gehen, sich Tabletten und Salben verschreiben lassen gegen die Nervenschmerzen in den Fingern, die Punktierungen im Kopf, die reißenden Gelenke.

Ellen Maria B. ist im Besitz eines schönen Körpers; er gleicht dem Besitz, von dem sie umstellt ist, nur mit dem Unterschied, daß sie ihn mit sich herumträgt.
Allerdings, jeder Tag bringt sie mehr in das Alter, wo man immer weniger Lust auf sie haben wird, wo man ihr jeden Geschlechtstrieb absprechen wird; dann muß sie auch noch den Rest ihres Verlangens in Tag- und Nachtschichten nach innen arbeiten. Dafür darf sie dann sogar ein Lokal betreten, ohne daß sich ein Mann von der fordernden Sexualität impotent gemacht fühlte; dann endlich kann man sagen: Die ist doch schon so alt, was will die noch; die Männer können ungezwungen neben ihr sitzen, von jungem Fleisch schwärmen, denn es ist ihr Recht, daß sie sich vor ihr in Sachen Männlichkeit nicht mehr ins Zeug legen müs-

sen; der Vergleich mit einer Nutte wird ihr erspart, sie ist nicht mal mehr ein leichtes Mädchen, sie ist dann nur arm dran. Welche Erleichterung für alle!
Eine Frau, die nicht mehr jung und anziehend ist, hat auch nichts mehr zu erwarten, dann endlich wird sie belohnt mit dem Satz: Sie sind so schön von innen heraus; da hat sie dann eine Menge Vorbilder, vorher allerdings keine.
Wenn sie vor dem Spiegel steht und ohne wegzusehen auf die wasserperlende Haut blickt, hat sie das Empfinden, als platzten sämtliche Naht- und Fugstellen auf, die sie als Narben verheilt glaubte und vergaß.
Und sie atmet mehrmals heftig, als beginne ein vergessenes Weinen von neuem, und sie dreht den Kopf vom Spiegel ab, sieht auf ihre Füße, die immer noch naß auf der Badematte Pfützen bilden. Um einerseits die Badematte zu schonen und sich andererseits besser sehen zu können, steigt sie auf den Toilettendeckel und besieht ihren Körper jetzt erbarmungslos wie jemand, der vorhat, ihn zum Verkauf anzubieten.
Anstatt über die Ebenmäßigkeit beglückt oder wenigstens zufrieden zu sein, ist es jetzt gerade die Schönheit, die sie an die Zwecklosigkeit erinnert.
Sie läuft voll mit Verlangen und wird gezwungen, an Karl, an Edgar, Erwin, Hans oder irgendeinen anderen Mann zu denken, den sie sich – wie Edgar sagen würde – ins Haus holen sollte, weil sie doch – wie Edgar sagen würde – so emanzipiert sei.
Mit der Putzhose in der Hand, unschlüssig, die Lust augenblicklich in Putzarbeiten abzudrängen oder doch endlich dem Wunsch nachzugeben, läuft sie hinüber zum Telefon, ist fester denn je entschlossen, die Barrieren zwischen Gedanken und Tat niederzureißen.

Sie hebt – immer noch nackt – den Hörer hoch, läßt sich mit dem Hörer in der Hand aufs Sofa fallen, beginnt zu überlegen, wen sie anrufen sollte und dann – ein paar Sekunden später – wozu eigentlich. Und dieses ›Wozu‹, das nun unter dem Druck der Lust, der Scham darüber und der Außergewöhnlichkeit immer bedeutender wird, läßt sie klar die Bilder des Ablaufes vor sich haben:
Irgendein Mann würde da zur Tür hereinkommen,
würde ihr Blumen überreichen,
die sie sogleich in eine Vase stellen würde.
Währenddessen müßte sie mehrmals zum Ausdruck bringen,
wie gern sie Blumen habe;
während er wie ein Makler ihre Wohnung besähe,
würde sie die Blumen auf den Tisch stellen,
würde sich nochmals bedanken,
womit ihre Vertreibung aus sich ihren Fortlauf nähme,
sich ihm gegenübersetzen und warten;
er würde fortfahren, Monologe zu halten,
von denen er wüßte, daß sie sie nicht
zu interessieren haben;
sie wäre sich klar darüber und würde trotzdem warten,
würde die Aschenbecher hinaustragen,
die geleerten Aschenbecher wieder auf den Tisch stellen,
er würde es anerkennend registrieren,
er würde weiter monologisieren,
sie würde auf seine Reden eingehen,
um ihre Reden so zu halten, daß sie ihm gefielen;
ihre Verschiedenheit wüchse von Wort zu Wort

und stillschweigend;
sie würde weiter warten,
jetzt wüßte sie, warum;
würde dann in die Küche gehen, eine Platte mit Broten zurechtmachen, würde auf sein Lob artig und geziert antworten,
würde ihn beobachten, wie es ihm schmeckt,
mit welch großem Appetit und mit welcher Hemmungslosigkeit er ißt, während
sie wenig äße,
daran dächte, was danach käme –
und würde warten;
würde die abgegessene Platte hinaustragen,
derjenige würde ihr folgen
mit einem Monolog im Mund,
legte ihr, einer angeblichen Vertrautheit nachgebend,
den Arm um die Schultern;
sie würde sich umdrehen,
ihm in die Augen sehen,
würde einen Anflug ihrer ursprünglichen Lust verspüren,
würde darüber einen roten Kopf bekommen
und sich über den Abwasch hermachen,
um ihrer beider Fremdheit und Öde zu mildern;
er nähme lobend ihre Umsicht zur Kenntnis
und säße während des Abwaschens im Wohnzimmer, rauchte,
während sie weiter wartete;
sie würde wieder das Wohnzimmer betreten,
das jetzt voller Rauch stünde,
sie würde sich wieder setzen,
fühlte sich wie eine Ackerfurche,
die auf einen Pflug wartet;

er würde nach ihrer Hand greifen,
die auf den Beinen läge,
sie würde die Augen nach innen klappen,
während derjenige sie mit den Augen begehrte,
mit der Lust, die sie auch mal empfunden hatte,
nun immer weniger empfände,
zugunsten einer sich verstärkenden Verkrampfung;
derjenige würde sich um den Anlauf um das
vertiefen,
um was sich ihre Lust weiter verflüchtigte
zugunsten einer Anstrengung,
demjenigen es recht zu machen,
was ihr immer weniger recht und immer mehr unrecht
wäre,
und würde dennoch warten. –
Würde derjenige eine Zeitlang im Badezimmer
verschwinden,
würde sie sich heimlich im Spiegel besehen und
kontrollieren,
ob sie auch noch aussieht,
daß derjenige danach verlangt,
wonach sie immer weniger verlangt;
würde sich vorteilhaft zurechtsetzen,
sich dennoch fortwährend ertappt fühlen,
sobald derjenige wieder das Wohnzimmer beträte,
würde sich mehr und mehr beklommen fühlen;
in ihrer eigenen Wohnung
empfände sie sich als Gast
von dessen Auftritt viel abhängt –
für andere;
würde demjenigen einen sehnsüchtigen Blick
zuwerfen,
der die Länge des Wartens umschlösse,

während sie immer müder würde,
würde trotz allem weiter warten;
würde dann auch gezwungen sein,
ins Badezimmer zu gehen,
um den Rede- und Gestenfluß der Eindeutigkeiten zu verlangsamen,
die sie so müde machten,
daß sie sich beide Arme um die Schultern werfen ließe,
während derjenige ihre Wange küßte,
um die Eindeutigkeiten ein wenig der Tat anzunähern,
sie würde die Augen schließen,
schon lange nicht mehr vor Lust,
sondern vor Langeweile, Verkrampfung und Müdigkeit;
sie würde jetzt ihrem Mund alles gefallen lassen,
was er will und was sie beinahe vergessen hat,
würde trotz allem warten;
sie würde nochmals ins Bad gehen,
wo sie sich wiederum auffrischte,
würde ihr Wohnzimmer von demjenigen eingenommen vorfinden
und sich von seinen gezielten Forderungen umzingelt fühlen,
würde seinen Armen überall entgegenfallen
vor Müdigkeit und Unlust;
würde sich unter Umständen, ließe sein Drängen nicht nach,
in ihrem Schlafzimmer ausgelöscht hingeben
und sich ein Verlangen gefallen lassen,
das vorher auch ihr Verlangen war,
das immer mehr seine Sache geworden wäre
und immer weniger ihre zu sein hatte

und inzwischen nur noch Erschöpfung wäre.
Und sie würde wieder die ganze Nacht wachliegen,
würde auf sich warten, würde darauf warten,
daß sie überhaupt nicht wartet, sondern tut,
was sie nicht tut...

Und sie legt sich dann doch auf die Couch, einer aufkommenden Müdigkeit nachgebend, auch wenn es sie stört, daß sie sich schon müde fühlt und daß es noch viel zu früh ist, um schon so müde zu sein, und sie zwingt sich nachzudenken, worüber sie nachdenken wollte, und sie bekommt nichts anderes als einen Schluckauf vom Essen und hastigen Milchtrinken.
Um den Schluckauf zu bekämpfen, nimmt sie sich ein Buch vor, ein Buch von Hermann Hesse, worin sie nach Zeilen sucht, die sie ein bißchen aufmuntern, zumindest anregen; es gelingt aber nicht, die nicht vorhandenen Gedanken zu tilgen, so daß sie nichts aufnimmt und sich für sie aus der Lektüre nichts ergibt als eine leichte Migräne, die von der rechten Seite über die Schläfe kommt.
Enttäuscht legt sie das Buch wieder beiseite und glaubt, daß es guttun würde, etwas Besonderes zu trinken.
Sie holt sich aus der Küche den Wein, beschließt allerdings gleichzeitig, heute abend nicht so viel wie sonst zu trinken, weil sie den Abend auf jeden Fall bei vollem Verstand erleben möchte und sie sich letztlich deswegen freigenommen hat.
Ja – und wie meistens, wenn sie sich scheinbar bis in die Haarspitzen eingelotet hat, fängt sie an, von neuem besonders pedantisch und unduldsam in Dingen zu werden, und sie macht sich sogleich daran, ein paar ganz dringende Arbeiten auszuführen:

Die Bettdecke über das untere Bettende nach hinten, den unteren Knöpfen zu – aufschütteln, sie sodann mit den Bettfedern in dem letzten Drittel des Inletts auf das untere Bettende in die Mitte der Messingquerverstrebung zum Auslüften hängen.
Die Hausschuhe, einwärts gekehrt gegeneinander stellen, mit den Absätzen einen Zentimeter vor der Längskante des Bettes, am Anfang einer Webverdickung, die grün ist;
den Morgenmantel in das Bad hängen, auf den dritten Haken, hinter den letzten Handtuchhaken, worauf Gästehandtuch steht, welches ebenfalls – in solchen Stimmungen – alle drei Tage erneuert wird, obwohl es letztes Mal vor acht Monaten, drei Tagen und mehreren Stunden in Benutzung durch Gäste war.
Die Lampe auf dem Nachttisch in die linke Hälfte der hellblau lackierten Platte schieben, den Staub von dem weißen Lampenfuß entfernen, mittels eines Staubtuches, das sich immer in der Schublade des Nachttisches befindet;
den Lampenschirm aus Rohseide ohne Staubtuch, der Schonung wegen, mit einem Mundvoll Luft abpusten;
die zuletzt gekauften Bücher – die immer vor ihrem Bett liegen – und die Emanzipationsbücher auf die eingelegten Zettel hin untersuchen, sich neuerdings vornehmen, allein der eingelegten Zettel wegen, diese zu gegebener Zeit weiterzulesen;
die Bücher danach wieder so vor dem Bett aufstapeln, daß die Titel ablesbar sind, dem Staub aber nur so viel Angriffsfläche geboten wird, wie sich als unbedingt notwendig erweist;
die Bettumrandung so ins Quadrat rücken, daß sich

weder unter dem einen Fuß des Bettes noch unten, unter dem anderen Fuß des Bettes, ein Stau bildet, sie aber gleichzeitig schnurgerade mit den letzten Platten des Parkettfußbodens abschließt.
Bevor sie nun aus dem Schlafzimmer geht, von der Bettumrandung noch einige Fussel aufliest, die sie, damit sie sich nicht wieder niederlassen können, in die Tasche ihrer Hose steckt, überfliegt sie sodann mit einem strengen Blick die exakte Ordnung des Schlafzimmers und denkt daran, die noch zu erledigenden Arbeiten zu verschieben, um sich telefonisch der Mutter zu widmen, die sich so schlecht mit sich selbst beschäftigen kann.

Nachts werden ihr plötzlich die Augen aufgerissen, durch nichts; kein Geräusch, keine Helligkeit, keine Krankheit. Die Augen liegen einfach offen und starr im Kopf.
Um sie eine Schwärze, in der sie schwimmt. Sie schreckt nach oben, weil sie keine Luft bekommt, drückt die Augen zu, denkt: Bloß nicht ins Grübeln hineintreiben; die Augen in den Kopf zurückdrücken, nicht dem Bohren im Hirn nachgeben, die Augen mit den Lidern, den Händen zudrücken.
Doch die Augen springen wieder auf: eine Mechanik, die von einem inneren Druck ausgelöst wird. Reglos liegenbleiben. Den Sprengungen im Kopf keine Beachtung schenken; so tun wie immer, so tun und so fühlen, als hätte der Kopf nichts mit dem Körper zu tun und umgekehrt.
Die Verdrängung verstärken; die Gedanken einfach explodieren lassen, dabei tief einatmen, das Wortbeben vom Fühlen abtrennen. An nichts anderes denken als

an diesen Vorgang: sich mit Luft vollpumpen, einatmen und ausatmen, den Druck von oben her auf die Stirn, die Augenhöhlen, den Mund durch Atemübungen eindämmen.
Es nützt nichts, die Augen platzen wieder auf, wohingegen die Wortdetonationen jetzt Angst erzeugen, eine physische Angst, die sich als Schmerz über den ganzen Körper ausbreitet.
Sie liegt gelähmt unter ihren Kissen, die Tränen kommen lautlos und ohne zu weinen; Gedanken, die nicht mehr zu bearbeiten sind, fließen durch die Augen ab.
Und wie jedesmal, wenn die platzende Verdrängung Deiche sprengt, sie wehrlos mit der ungelebten Seite ihres Lebens rast, die Kraft ziellos in ihr tobt, springt sie hoch und rettet sich ins Licht.
Dann steht sie zitternd vor Scham über sich selbst unter der Lampe und kramt nach ihren Schlafmitteln, die sie für gewöhnlich wieder in die gewünschte Form bringen.
Sie liegt der erhofften Wirkung hingegeben, fühlt sich ausgelaugt, doch allmählich von dem unbenennbaren Anfall genesen, während noch in ihren vier Steinwänden das Echo ihres Infernos lagert, das sie kennt, das sie allzugut kennt.
Sie wird sich langsam wieder so fremd, wie sie sich sonst immer zu sein hat, dann sieht sie sich in Teilbildern und Punkten auf einem Film, den man von ihr gedreht hat. Es ist eine Aussöhnung mit ihrer Ausweglosigkeit, das Einrasten der Sperre, die vor ihrem Ich montiert ist, mehr nicht.
Und in der Dankbarkeit, die Emotionen wieder vereist zu haben, ist sie bereit, einzusehen, daß ihr Leben

sicherlich störungsfrei und normal verlaufen wäre, wenn sie nicht mit dieser Emanzipation angefangen hätte.
Das unentwegte Nichtvereinenkönnen von Erkennen, Bewußtsein und Realität, das ist nicht normal; ja – sie ist angesteckt von der Ahnung eines eigentlichen Lebens und ihrer Wirklichkeit.
Von der Nacht umstellt, steigen in ihr noch einmal die Kräfte auf, die ihr ihre Unterdrücker jahrzehntelang ausgetrieben haben, eine schleichende Kastration, eine Totalausräumung, von Kopf und Psyche ausgehend, endend in der Plünderung ihres Selbst, gehalten von einer Kunststoffhaut, die sie schön und anziehend macht, während es in ihr gärt und rumort und sie nur noch nicht ganz in Lähmung übergegangen ist, weil sie künstlich ernährt wird – für andere, die nicht einmal da sind.
Und weil sie weiß, daß sie niemanden hat, den sie anrufen könnte, schluckt sie hastig zur Vorsorge zwei Schlaftabletten, spült sie mit einem Glas Weinbrand hinunter.
Endlich beginnt sie von den Rändern her blutleer zu werden, dabei steigert sich ihre Vorstellung, die meistens besser hilft als Schlaftabletten und Alkohol: die Augen zupressen, mit allem nach innen stürzen; immer leichter und durchsichtiger werden, auf das Sprungbrett steigen; ein Sprungbrett hoch über dem Meer, unter ihr Felsen und Wasserfluten, ein schmales Brett ohne Umkehrmöglichkeit.
Sie steht auf der Brettspitze und wippt, wippt – ohne abzuspringen. Wechselweise der Druck von Hochfliegen und Abwärtsrasen, der Kreislauf reduziert auf Kopf und Bauch im Flug.

Dann – das Ausklinken der übrigen Gliedmaßen, kugelnd und segelnd in einer Körpertonne.
Das ist genau das Gefühl ihres Lebens, das sie unaufhörlich wiederholt: das Platzen, Zerspringen in einem Weckglas, in einer Nußschale tief unter der Erde oder hoch in der Luft; platzend und sich spiegelnd in tausend inneren Spiegeln ihrer eigenen Person, zerstückelt und splitternd für niemanden sichtbar und hörbar als für ihre eigene Tausendfachperson, ein zweckloses Platzen und Wachsen, ein Wuchern von neuen Zellen mit Wiederholungen ohne Leben, ohne Entwicklung und Nachaußengehen.
Und wenn sie in dem Kreislauf vollkommen Auflösung gefunden hat, eine Einheit bildet mit ihrem Gefühl von Lebensonanie und Nachinnenlaufen, dann erlebt sie sich durch andere: Sie rächt sich an anderen durch ihren Tod, wie manche durch die Vorstellung, sie seien Westernhelden, Weltmeister oder erfolgreiche, einsame Männer.
Sie liegt jetzt gestorben da, um sie herum eine Menge Menschen, je mehr sie sich vorstellen kann, um so besser; und sie hört von sich reden:
Meine Damen und Herren,
Sie sehen hier eine Frau liegen, die nicht einmal ganz vierzig Jahre geworden ist. Das allerdings ist kein Wunder, sehen Sie bitte in ihrem Gesicht die unweiblichen Gravierungen, die von nichts anderem rühren als von dem mächtigen Gefühl, anders leben zu wollen und zu müssen, als es – daran darf nicht gezweifelt werden – letztlich einer Frau zukommt.
Wir haben es hier mit einem besonders exemplarischen Fall zu tun, der eindeutig unter Beweis stellt, daß das sinnlose Gestrampel der Frau, dieser Griff nach dem,

was man gemeinhin als Welt bezeichnet, zu nichts anderem führt als zu diesem vorzeitigen Tod – ausgelöst durch die Psyche.
Dieser unsinnige Tod bestätigt, daß alle Kräfte, die sich nach außen richten sollten – also die Aktivkomponente –, unterentwickelt sind, so wie wir es bei fast allen Frauen beobachten können.
Es kann nicht übersehen werden, daß hier anhand eines Beweises wissenschaftliche Abhandlungen, die mehr von der Prägung durch die Umwelt als von der Biologie ausgehen, zunichte gemacht worden sind.
Wir wollen uns natürlich davor hüten, die Todesursache allein in einer Pathologie der Psyche und einer sich ausbreitenden Neurose zu sehen: Selbstverständlich ist nicht ganz von der Hand zu weisen, daß eine ausgelebte Psyche sich leichter gesund erhält und daß eine Psyche, die sich unter Druck befindet, Emotionen entwickeln kann, die zweifelsfrei häufiger zu einer Aufarbeitung zwingen und schlimmstenfalls zu einer Lähmung gewisser Antriebe führen.
Aber – meine Damen und Herren – sind es denn nicht gerade die sublimierten Triebe der Frauen, die dieser rohen Welt ein wenig Poesie abgewinnen und die sie so unverzichtbar für uns machen?
Verfolgen wir nun einige Stationen ihres nach außen unerheblichen Lebens, das uns aber von innen her ein ganz anderes Bild vermittelt. Die hier vor uns liegende schöne Frau ist nach dem Krieg geboren, eine Zeit, in der – sagen wir mal – die Welt der Geschlechter noch einigermaßen in Ordnung war, sie demgemäß eine Erziehung erhalten hat, die einerseits die natürlichen Aktivitäten anregt und sogar fördert, die allerdings später zurückgedrängt werden müssen, um dem gesetzten

Ziel der weiblichen Sozialisation zu entsprechen: dem passiven Aktivcharakter und dem aktiven Passivcharakter.
Es kann zugegeben werden, daß sich durch diese direkte Erziehungsmethode zwangsläufig ein gewisser Ambivalenzcharakter herausbildet, der aber für die Frau, insbesondere für ihre Aufgabe, Leben auszutragen, die Werte nach innen zu nehmen, sicher nicht von Schaden ist.
Aus ihren Tagebucheintragungen, die für sich schon ein Akt der Unzufriedenheit sind, ist erkennbar, daß ihre Irritation begann, als die ersten – nicht gerade sinnvollen Bücher – über eine angebliche Unterdrückung der Frau auf dem Markt erschienen.
Die bis dahin rational gebundene Kraft, Ambivalenz hinzunehmen und zu ertragen, brach auf, und sie begann mit all ihren weiblichen Unzulänglichkeiten die Welt des Mannes imitieren zu wollen.
Nehmen wir eine Tagebucheintragung, in der es sinngemäß heißt, daß sie ›durch die Bücher‹, die so etwas wie ›Licht in ihre dunkle Psyche‹ brachten, eine Art ›unbenutztes Mobiliar‹ erkannt hätte; sie geht davon aus, daß ihr dieses unbenutzte Mobiliar Schmerzen verursachte.
Selbst wenn wir glauben, daß sie – wie beglaubigt – Schmerzen durch Appetenz-Aversionssteigerungen hatte, so wäre es – wie bewiesen worden ist – besser gewesen, dieser Teil der Psyche wäre von keinem Lichtstrahl erfaßt worden.
Sie würde noch leben!
An ihrem Tagebuch ist zweifelsohne eine zunehmende Verbitterung abzulesen, die nicht durch die Umwelt projiziert worden ist, sondern doch wohl eher in einer

ihr eigenen Unbescheidenheit ihre Ursache hat; und das ›Einfach-nicht-mehr-akzeptieren-Können‹ von Lebensgrenzen bewirkte doch wohl auch, daß sie in einen derartigen Emotionsschwamm verwandelt wurde, daß sie sich nur noch in eine Therapie hätte begeben können, eine Art Neue Heimat all der Frauen, deren Theoriekälte die wirklichen Empfindungen unter Eis legt.
Es darf als sicher gelten, daß diese Gescheiterte – selbst wenn wir die einseitigen Befreiungsversuche der Frau akzeptieren wollen – nicht einmal mehr zur missionierenden Frauenrechtlerin getaugt hätte, da sie bis zu ihrem Tode zu nichts anderem mehr fähig war, als ihre Neurosen zu perpetuieren. Und es mag als besonderes Unglück erscheinen, daß sie, obwohl schon weit über das Alter hinaus, sich einigen Frauengruppen anzuschließen suchte, wenn auch dieses Unterfangen so halbherzig blieb, daß es nichts anderes auslöste als eine gesteigerte Sucht nach dem Selbst und den Verlust letzter wichtiger zwischenmenschlicher Beziehungen.

Mit allem wird sie fertig, nur nicht mit den nächtlichen Wahrheiten, dem Unter-dem-Brennglas-Liegen.
Wenn doch nur Tag wäre, sie könnte pausenlos einkaufen gehen, immerfort aus dem Haus laufen, irgend etwas holen, sie könnte ihre vierzehn Wände vollstopfen mit Dingen von da draußen; nichts könnte sie hindern, sich ihre Wohnung mit unnötigen Dingen vollzupacken, damit sie ohne Pause in Bewegung bleibt, damit sie arbeitend vergißt, auf was sie wartet.
Ja – sie hat es geschafft, ihre unausgelebten Energien aufs Tippen, auf die Umsicht für andere umzulegen, und wenn kein anderer da ist, dann arbeitet sie intensiver und länger; sie hat gelernt, noch höflicher, noch

charmanter zu sein, damit niemand merkt, was sie antreibt.
Doch wenn sie so lange vom Nichtschlaf gequält wird, wenn sie unter solchen Qualen den Rest ihrer psychischen Gesundheit in Krankheit verwandeln kann, dann bringt sie sogar Haß auf gegen sich selbst und gegen andere, die natürlich morgen davon nichts merken.
Sie wird sich betrinken, noch eine Tablette einnehmen, wieder ihren psychischen Niemandzustand erzwingen, sich dabei in den Schlaf hineindrücken, von dem Tag träumen mit seinen Möglichkeiten.
Der Tag ist nicht da, der Schlaf kommt nicht, die Gedanken lassen sich nicht zur Ruhe bringen, nur die Zunge ist taub und dick. Und sie läuft gleichgewichtsuchend ins Wohnzimmer, gießt sich entschlossen ein Wasserglas voll Schnaps ein, schluckt mit dem Schnaps noch eine Schlaftablette und legt sich dann wieder ins Bett wie ein Fisch in den Sand zum Austrocknen.

Leidenschaft der Stille

»Die Boshaftigkeit ist das Messer, um in das Fleisch der Lüge zu schneiden ...«

Verabscheuungswürdig!
Ich verabscheue alte Menschen, als ich jung war, habe ich jüngere verabscheut, als ich ganz jung war, habe ich ganz junge verabscheut!
Sich von anderen fernhalten ist das Beste, was man von anderen halten kann. Ein einziger Tag ohne Abscheu wäre langweilig, zum Sterben langweilig!
Mit scharfem Geist auf Beute gehen, sich auf die Lauer legen – und darauf warten, daß er sich auf den Gedanken wirft... wie die Katz auf die Maus!
Langweilig! Alles andere ist langweilig! Ohne das geladene Hirn wäre eine so große Langeweile, daß ich nicht erst aufzustehen brauchte. Wozu auch?!
Still in den Kissen liegen, die Füße schonen und sich selbst nicht schaden, wär' dann noch das klügste.
Ohne den Geist, nichts als die Muße eines Blutegels.
Verabscheuungswürdig! Ein Tag ohne Boshaftigkeit ist ein geistloser Tag, ein verlorener und von Langeweile zerfressener.
Die Boshaftigkeit ist das Messer, um in das Fleisch der Lüge zu schneiden! Jede Alterswehmütelei führt in geistige Verstopfung.
Freundlichkeit, Taktik und die Grimassen des verschlagenen Geistes sind was für junge Menschen, die noch durch und durch verlogen sein müssen, um sich ihren Beuteteil aus dem Leben zu reißen.

Mit dem Alter kommt die Würde. Der Geist kehrt heim mit einem Satz wie ein Beil und einem Blick wie ein Brennglas.
Endlich hat man Zeit, das unendliche Lügenlabyrinth zu durchwandern – den Geist im Anschlag, den Blick im Korn.
Das Altern ist eine lange Wanderschaft zurück zu den Anfängen der Menschheit – und damit zu den Verlogenheiten, in denen man das ganze Leben über watet.
Zurück zur Mutter, von der man sie hat, zurück zum Vater, von dem man sie hat, zurück zu den Kindern, die sie von beiden haben – und die wieder Kinder machen, damit sie die verlogensten Verlogenheiten weitervererben können.
Das ganze Leben ist eine unaufhörliche Geburtenkette für die Verlogenheit. Mit jedem Tag ins Alter verliert man Lüge für Lüge, Tag für Tag und Zahn für Zahn und Haar für Haar...
Der Tod entschädigt einen für die Ausdauer an sich selbst. Nicht der Tod ist das Schreckliche, sondern die Panik vor dem Lebendigen. An die Angst verfüttern wir unser kurzes Leben.
Der Tod ist das einzig Nicht-Verlogene, der Tod ist das einzig Fremde und Nahe, der Tod ist das einzig Nicht-Banale... und das Wahrhaftigste!
Und so gehen wir hin... hin...

BERTE! Was ist für ein Tag? Ist heut' schon wieder Sonntag??

Immerfort Sonntag, Sonntag... hinter dem Fenster nichts als Paarzwangspaziergang – die Straße entlang, entlang!

Die Haustüren gehen auf, die Haustüren gehen zu – und ein Mann und eine Frau treten heraus mit der ganzen Wucht ihrer Langeweile!
Und – die Kinder folgen ihnen, hinaus, hinterher, heraus aus der Langeweile, hinein – in die Langeweile.
Denke ich an Sonntag und Langeweile, denke ich an Männer, denke ich an Männer, denke ich an Frauen und – Ehepaare!
Der Sonntag ist nur ein Sonntag, weil es Ehepaare gibt.
Ohne Ehepaare kein Sonntag. Der Sonntag ist der Höhepunkt der Langeweile, der Verlogenheit... und Biederkeit!
Solange ich denken kann, bin ich eine Ehehasserin und damit eine Männerhasserin gewesen.
Siebzig Jahre habe ich es geschafft, der Ehe und damit der Langeweile von der Schippe zu springen!
Der Sonntag ist kein heiliger Tag, der Sonntag ist das Kreuz der Ehepaare.
Und sie gehen dahin... hinein in den freizeitlichen Stumpfsinn, den Sonntag und die mörderischste Langeweile aller Tage!

BERTE!! ...Verdammt noch mal... wo ist mein Stock? Die verdammte Gardine nimmt mir die ganze Aussicht.

Alles Paare, wohin das Auge blickt: Paare, eine lange Straße voller Ehe, Hunde und Kinder... und deren Abfall!
Die Straße auf und ab... oder mit dem Auto hinein in einen Stau und heraus in einen Fetzen Landschaft.
Am Sonntag trägt er nicht seinen Diplomatenkoffer, er

trägt ihren Arm in der Schlinge, und sie tippelt neben ihm her, eingehakt und verlogen... die Handtasche im Ellenbogen, das Gesicht fein wie ein Ziertaschentuch... und immer muß die Schönheit der Natur herhalten gegen die Langeweile und die Lüge!
Die Kinder im Schlepptau, in der Sonne vergoldet und von Artigkeit gestärkt... und hinein in den langen Tag, der das Kreuz der Ehepaare ist.
Und gleich am Ende der Straße, in der Mitte der Langeweile in ein Café, wo es nach Vanille und Herzigem riecht, Ehepaare Tisch an Tisch sitzen, die Kinder hochgestuhlt und zur Wohlanständigkeit aufgezäumt.
Sie ganz Hüterin der Mäßigkeit, er gähnt und gähnt die Blumentischdecke ab... wortlos beugen sie sich im Kanon über den Kuchen, einen Berg aus Schlagsahne und Mehl... dabei springen ihr endlich die kurz angebundenen Worte aus dem Mund!
Und so geht ein Stück Sonntag um und um... in Bauchgrimmen, Versüßtem, Langeweile... und Lüge!
Und abends sitzen sie schweigend vor dem Fernseher – wie Kartoffeln im Sack... Verabscheuungswürdig! Aber alles ist für die Katz!
Kein noch so hohes Alter bleibt verschont, keine noch so kleine Würde, die nicht noch kleinergemacht werden kann... Egal wie alt: Hauptsache ein Mann – und damit die Ehe!
Hauptsache die Gewohnheiten werden vermehrt – und gewöhnlicher gemacht! Kein noch so hohes Alter, wo Frauen nicht aufjubeln und die Augen gen Himmel drehn... sehen sie einen Mann! Auf der Stelle verschlägt es ihnen den Lebenswillen, das Herz brennt lichterloh – wie ein Weihnachtsbaum... und hat er

auch nur zweimal LIEBLING gesagt, richten sie insgeheim das Wohnzimmer ein! Keine Rolle Garn, die nicht zum Ariadnefaden wird, an dem sie ziehn und ziehn... ein Leben lang, eine Lebenslüge lang... und was kommt dabei heraus: der Minotaurus!
Verabscheuungswürdig!

BERTE!! Wo steckst du bloß?? Bring mir sofort meinen Feldstecher!

Ach... Liebe, Liebe... wenn ein Paradies so anfängt! Mein Himmel... was kann daraus schon werden!
Denke ich an Männer, denke ich an Langeweile. Ja – was soll man auch mit ihnen reden?? Jede Mücke hat mehr seelische Vorgänge!
Männer interessieren sich nicht für Frauen, und Frauen interessieren sich nicht für Männer... Nur für die Zweisamkeit, für die Ehe, die eine Lüge ist und keine andere Aufgabe hat, als die Verlogenheiten verlogener zu machen – und zu vermehren!
Die Biederkeit ist die verbreiteste Perversion, die nur mit Stumpf und Stiel auszumerzen ist, indem man eine Männerhasserin wird – und bleibt!
Allein die Denkfaulheit macht es möglich, unter dem Ehejoch ans Kreuz zu kriechen. Die Denkfaulheit ist die einzig Unnützliche! Wer nicht denken läßt, langweilt sich mit Männern. Mit Männern habe ich mich nur gelangweilt!
Mit jedem Wort, das ein Wort ist, das mit Zweisamkeit, Ehe – und damit mit Lebensstumpfsinn zu tun hat... habe ich mich zu Tode gelangweilt!
Was soll man auch mit Männern reden, die unter dem Joch der Ehe begraben sind, was soll man auch mit Frauen reden, die unter das Kreuz der Ehe wollen!?

Die Ehe ist eine Dauerverblödungsanstalt, ein ewiges Abmühen, Jahr um Jahr, um der Menschlichkeit, dem Leben zu entgehen! Was soll man auch mit Menschen sprechen, die nur jahrhundertealte Lebensweisheiten von sich geben?... Auf jeder Einkaufspackung steht mehr, und in jedem Zahnstocher steckt mehr Geheimnis.

Ab vierzig sollte eine Leinwand vom Himmel herunterkommen, auf der steht: Ende der Lüge. Sei Mensch, lerne sprechen!

In der Ehe lernt man nicht sprechen. Die Ehe ist nur dazu da, um die Gewohnheiten zu hüten. Zu keinem anderen Zweck sind sie zusammen, als die eingelernten Gewohnheiten von Mutter und Vater, der Ehe, der Langeweile – und der Lüge gemeinsam zu hüten, ihr ein Heim und... Kinder zu geben, die an die Gewohnheiten gewöhnt werden!

Die ganze verlogene Welt ist eine Welt, die unter dem Mama-und-Papa-Joch begraben ist... und die sich jeden Tag anschickt, sich zu verdoppeln!!

Aber keine Gewohnheit und keine Ehe wird aufgegeben! Die ganzen langweiligen Revolutionen sind für die Katz!

Der Mensch bleibt immer derselbe!

Die Philosophien, Meinungen, Ansichten und Umsichten werden gewirbelt und gewirbelt, und... was kommt dabei heraus: dasselbe! Innen bleibt alles beim alten. Aus alt mach neu: dasselbe!

Der Mensch mit wölfischem Antlitz: dasselbe!

Der Mensch mit menschlichem Antlitz: dasselbe!

Nur die Verlogenheiten drehen den Tag um und um... und die ganze Welt ist eine Welt, die bald platzt!!

Zu nichts anderem und zu keinem anderen Zweck sind

Männer und Frauen zusammen, als die eingefressenen Gewohnheiten von Mutter und Vater langweilig in Gang zu halten – und verlogen noch langweiliger und verlogener zu machen... und wieder Kinder zu kriegen, die all die alten Gewohnheiten erben... und die wieder Kinder machen, damit alles... dasselbe bleibt!
Das einzige, was den Menschen umtreibt, ist die Vermehrung von Leibern und Gütern... und damit der Lüge, denn ohne Lüge wären sie nicht zusammen.
Die Lüge veredelt die Gewohnheit, an der sie hängen – wie am Tropf, ein Leben lang, eine Menschheitsgeschichte lang!
Ja – vor nichts grausen sie sich mehr als vor ihren Gewohnheiten... täglich, stündlich wollen sie sich ändern, herausspringen aus ihrem Leib, herausspringen aus ihrem Hirn, das eine einzige Manie ist.
Aber alles ist für die Katz! Kein Krach, keine Feier und kein Jahresbeginn werden ausgelassen, um nicht hoch und heilig sich selbst abzuschwören... nur weil sie das nicht schaffen, stecken sie alle anderen damit an... mit ihrem schafsköpfigen Leben ziehen sie sie so lange durch ihren Wiederkäuerdarm... bis alle dasselbe sind!
Alle, jeder und jede müssen so sein wie alle... vorher wird nicht gestorben!
Einzig zu diesem Zweck wurde der Sekt erfunden, einzig dieser Zweck veredelt den Sekt, und einzig der Sekt heiligt den banalen Zweck!
Wenn es nicht das permanente Abschwören gäbe, gäb's keinen Sekt! Er ist das Weihwasser für alle gewöhnlichen und ganz und gar einsilbigen Wünsche und Leben.
Spätestens an jedem Jahresanfang wird das prickelnde

Gesöff feierlich hochgehoben... und werden die Veränderungswünsche fallengelassen... denn alle hängen an ihren Scheußlichkeiten wie das Geschwür am Körper.
Und wehe!... man spricht auch nur ein einziges wahres Wort! Eliminiert muß es werden! Es wird so lange hin und her gewendet, verblumt, verdummt, verkleinert, verwandelt und verlogen... bis alles beim alten ist.
Ja – das Alte und Gewohnheitsmäßige ist das einzig Neue! Das Neue muß aus dem Alten so langsam herauskriechen... bis es wieder dasselbe ist.
Und die Welt erstickt in Menschen, in Verlogenheiten, Langeweile und Lüge.
In jedem Haus, in jedem Krankenhaus, in jedem Bett, in jedem Hirn wird in jeder Sekunde ein Drittel Mensch geboren... und: ein Drittel dasselbe!
Die Ehe sollte verboten werden, nicht die Abtreibung!
Die Ehe ist der unblutigste Krieg, und heimlich und unsichtbar fertigt sie aus Gewohnheit, Langeweile – und Lüge... die gefährlichste Bombe aller Zeiten: die Menschenbombe, die jeden Tag, der ein Tag der Ehe ist, schneller und schneller wächst... und explodiert!
Ja – man kann auch sagen, die Langeweile, die Gewohnheiten, die Lüge fressen unsere Welt auf!
Jeder Mensch, der heute der Ehe widersteht, sollte einen Orden bekommen, einen Orden für den Widerstand!
Hinter jedem Grashalm, hinter jedem Mauerstein, hinter jeder zugezogenen Gardine lauert ein Stück Mensch, ein Stück Mensch, das sich wiederum an-

schicken wird – und muß! –, ein Stück Mensch zu produzieren.
Und so geht es fort in einem fort... und immer – dasselbe! Die Ehe ist der modernste Krieg ganz ohne Waffen, einfach aus dem Hirn!... und die Langeweile, die Gewohnheit – und die Lüge sind das Pulver!
Die Liebe und die Ehe, die aus diesem Pulver wieder Kinder in die Welt bringen müssen, sind der Friedhof des Lebens... unser aller Friedhof!

BERTE, BERTE!! Mach endlich das Fenster zu! Schließ die Gardine, es stinkt verdammt nach Sonntag!

Schreiendes Gras

*»Ich möchte Ihnen mein Lied vorsingen.
Das Lied mit den vielen weißen Armen,
den gläsernen Lippen...«*

Ich weiß nicht, ob ich noch genügend Zeit haben werde, alles hintereinander festzuhalten. Jeden Moment werden sie kommen, endlich kommen.
Vielleicht habe ich sie auch schon übersehen, vielleicht stehen sie hinter mir, vielleicht sind sie aus den weißen Wänden im Gang gefallen und warten schon auf mich. Frau Malnitz sagt nämlich, die Männer hätten alle weiße Kittel an, darum werde ich sie womöglich nicht von den weißen Wänden unterscheiden können. Ihre Stimmen werden herrlich sein. Ganz bestimmt, ich werde mich mit ihnen sofort verstehen.
Dauernd fliegt mein Blatt weg, denn ich sitze in starker Kälte bei geöffneten Fenstern, damit sie niemals mehr eingeschlagen werden können. Sollen doch nur die Vorbeigehenden mein glückliches Lächeln sehen, denn ich gehe bald weg.
Zwei Fenster hat Lia mit den anderen eingeschlagen. Nun ist alles hell, viele Tage schon.
Ich weiß nicht mehr, wie lange lag ich im Dunkel, dann wurde es heller und heller, jetzt bleibt es immer so, immer. Alles ist so freundlich zu meinen Augen, dieses junge Weiß, Kreisel einer neuen wunderbaren Musik.
Gut, daß alles hell sein wird, was mich erwartet, ihre Stimmen, ihre Hände, in denen sie die seidenen weißen

Laken tragen werden, mich in sie hüllen, unter eine bleiche Sonne legen, in weißes weiches Gras aus Watte. Ihre Stimmen wie Grillen, Vögel und singende Baumwipfel, nicht wie die von Lia und den anderen.
Die arme Lia, die Weiß nicht mehr sehen wird. Als ich um mich schlug, ich weiß nicht mehr wohin, bevor ich mich verbarg unter meinen Händen, verfärbte sich der Wasserfleck zu Schnee.
Ich habe danach nichts mehr gesehen. Ich schrie nur, wollte meine Ohren abreißen, damit ich die Stimmen nicht mehr ertragen müsse, wie sie brüllten und mich mit ihren Perücken schlugen. Ich glaube auch, meine hatten so ein ekliges Schwarz. In letzter Zeit fielen sie mir dauernd vor die Augen, so daß ich manchmal nichts mehr erkennen konnte. Und dann das Ungeziefer. Schwarz ist Dreck, Schwarz ist Armut, Schwarz ist Erde, Ende.
Und ich bin weiß, sehe nur weiß, bleibe weiß. Auch Lia wird an meinem Fenster vorbeigetragen, auf Zehenspitzen, und Melodien summen sie aus weißen Flocken.
Wenn ich endlich weg bin, wird man die Fenster wieder reparieren. Immer kam derselbe Mann mit dem Glas unter dem Arm, arbeitete stundenlang. Manchmal fragte er mich, ob es mir nicht gutginge. Ich habe ihn nie wiedererkannt, er sagte, daß er es immer war, ich habe es ihm geglaubt. Manchmal denke ich schon, daß ich die Scheiben zerschlagen habe, aber dann hätte ich doch irgendwo Blut, denn es blutete. Ich sah, wie das Rot auf den Fußboden lief und in das Gras, das schrie und schrie.
Ich höre die Männer gar nicht kommen. Sie können mich doch unmöglich vergessen haben.

Ich könnte es nicht mehr ertragen, wenn Lia oder einer von den anderen hier noch einmal vorbeigetragen würde. Ich muß schnell weg. Mir ist, als ob dort etwas flattert, dort am Hausende, an der Stelle, wo die Katze lag ohne Fell und weiß blutend.
Vielleicht würde auch die Mutter Lia schwarz anziehen. Wie entsetzlich. Sie kann doch nicht wissen, daß Lia Schwarz auch nicht mag. Kurz bevor sie in der Nacht kamen, wieder meine Scheiben eingeschlagen wurden, wollte ich weglaufen. Ich hatte bereits alles gepackt.
Aber nun brauche ich nicht mehr. Ich brauche mich auch an nichts mehr zu erinnern. Ich habe in den letzten Tagen ohnehin nicht mehr viel behalten. Frau Malnitz sah mich oft so ängstlich an. Als ob ein paar Tage, die weg sind, so wichtig wären.
Jetzt ist wieder dieses verfluchte Klopfen. Inzwischen weiß ich auch, daß es Lia und die anderen nicht sind, nicht mehr sein können. Immer, wenn ich das Klopfen hörte, waren die Fenster fest verschlossen, es wurde sofort Nacht, ruckartig. Dann immer: rufen, fragen, flehen, hämmern, drohen... stundenlang.
Bis ich es nicht mehr aushalten konnte. Ich lag auf Pulver. Nachts und allein. Dann knallte es, eine Faust streckte sich durchs Fensterglas. Hieb immer und immer auf mich ein, wenn ich es nicht mehr aushielt, riß ich die Fenster auf, dann erstickte ich, denn ich sah das Schwarz überall um mich herum aufgebaut.
Ich habe sie dann alle hereingelassen. Sie brauchten meine Scheiben nicht erst zu zerschlagen. Sie brauchten meine Scheiben wirklich nicht einzuschlagen. Sie kamen doch überall herein. Aus jedem Stein fielen sie. Durch alle Ritzen liefen sie aus. In allen Ecken zappel-

ten und drängten sie herein. Sie, die anderen: Kitt, Teer, Zement, Berg und Loch, Lava vor jeder Öffnung... heraus und herein.
Und jetzt torkeln sie besoffen in meinen weißen Wänden, die mir gehören. Mir allein. Ich habe nichts getan. Nein. Die Männer werden mir glauben. Vielleicht ist auch alles ganz anders. Ich vergesse so leicht, ohne daß ich es merke.
Immerfort höre ich Schritte, laut und derb. Die Männer können das nicht sein, die poltern nicht so. Sie bringen die Ruhe, die nie mehr geht.
Hoffentlich erkennen sie mich. Jeden Stein würde ich aus dem Haus reißen. Ihnen ein Loch für das Licht schlagen, wenn ihnen der Gang zu dunkel wäre. Sie werden mich doch sehen, hier am Fenster. Ich habe meinen Plunder rausgeworfen. Auch die Perücken und die vielen Schuhe von den anderen. Ich kann nicht mehr hinsehen, weil ich weiß, daß alles schwarz war. Kohlrabenschwarz.
Als ich meine Riegel verschloß, sie durch den Gang nachzog, hatte ich zwischen meinen Fingern lauter schwarze Fäden. Meine Hände Äste, angewachsen an die Nacht. Ich schlug meine Hände überall auf. Aber dauernd wuchsen mir Äste nach bis unter den Hals. Immer weiter nach oben. Aber bald kommen die Männer, und alles wird still sein. Eine Kirche ohne Stein und Grundstück. Eine Stille, die aus dem Weiß in die Höhe wächst. Und ich bin in ihr, hoch, weiß, durchsichtig und schwerelos.
Jetzt gehen ein paar Menschen vorbei, glotzen mich an. Fühlen sie Traurigkeit? Aber ich bin nicht traurig. Ich bin selig, endlich. Aber sie können nichts wissen. Überhaupt nichts.

Ich möchte ihnen mein Lied vorsingen. Das Lied mit den vielen weißen Armen, den gläsernen Lippen, von den schwebenden Körpern, von dem unaufhörlichen Frieden, der mich tragen wird.
Schon wieder das Poltern. Es ist, als ob es nahe wäre. Über mich hinwegrollt, steil nach oben klopft, schwingt und schwingt. Sie werden mich doch nicht vergessen? Ob sie Lia bringen? Oder noch einmal die anderen? Ich werde nicht mehr hinsehen. Meine Augen fallen in die Kreisel, werden licht und stumpf, versinken in Hellem wie Flüssiges.
Nicht mehr lange... dann hänge ich mir die Tücher über, gehe auf wattigen, wunderbaren Wiesen in meine Zelle. Viereckig muß sie sein, alles Gummi, kein Griff, kein Fenster, kein Loch, weiß und still. Kein Mensch kann herein. Niemand heraus. Barfuß laufe ich durch mein Paradies, bohre die Fäuste in die weiße Masse, betaste den Boden, die Wände, die Decke, kugle mich, schlage Purzelbäume. Springe von einer Wand auf die andre, bade in dem weißen, weißen Meer.
Ich weiß, sie kommen jetzt. Ich glaube, ich höre sie. Jetzt, jetzt, und ich bin schon daheim...

Ausgezogen

»Da liegt sie wachsbleich, die Gelenke aus sich herausgedreht, mit Stille vollgestopft, mitten auf dem Pflaster…«

Das Fenster im zweiten Stock hat einfach das dreckige Maul aufgerissen und hat sie ausgeschüttet.
Da liegt sie wachsbleich, die Gelenke aus sich herausgedreht, mit Stille vollgestopft, mitten auf dem Pflaster.
Talstraße, Seitenstraße der Reeperbahn, ein gespreiztes Bein der Reeperbahn, bloß Neon und Schummerlicht, Alkohol, Fleisch und Männer. Rund um die Uhr.
Ihr Sturz reißt einen Trichter aus Stillstand um sie auf, Erschrecken wird Bild, spuckt das Röntgenfoto einer Straße nach außen.
Alle Fenster öffnen sich, die Augen halten den Atem an. Da unten liegt sie, eine von ihnen, eine aus der Straße, die sonst nichts preisgibt, außer das, was alle wissen, alle dulden müssen, doch eine bringt das Elend ans Licht: im Sterben.
Leblos wie tot liegt sie auf dem Stein, das Alter eingesperrt in Schminke, und niemand hat einen Schrei gehört, da war bloß ein Knall, ein Aufschlagen von Fleisch auf dem Kantstein, nichts weiter.
Die Männer kommen aus ihren Bierlöchern heraus, stehen stumm mit den Schuhen um sie aufgereiht, die nicht mehr in sie hineintreten, die in den Rinnstein verblutet.
Die Sonne steht als Foto schräg und gelb über der Hausreihe, während sich eine unheimliche Ruhe sam-

melt und bewegt, auf das zu, was ein Loch in die Zeit geschlagen hat.
Einer bückt sich und dreht ihren Kopf. Alle und jeder kennen sie, nur nicht so und auch nicht anders, denn die Blindheit ist ganz in die Augen gegangen und in die Körper. Das Haar, hellgrau gefärbt, steht fest und stramm um das Gesicht, Blut kommt aus dem Kopf, das Grau verfärbt sich, und so viel Blut ist nun um den Kopf, als würde sie in ihrer eigenen Quelle ertrinken, bald ist das Gesicht ganz weg, ist nur noch Blut, von denen da, für die da, die da stehen, und für die, die hinter den Fenstern auftauchen, schnell wieder wegtauchen und mit den Augen den Atem anhalten.
Eine Stille umsteht sie, die alles in sich hineinzieht.
Der Einschlag der Stille holt dann die Frauen aus den Ecken der Kneipen und Stripläden hervor. Sie stehen in einer Reihe um die Männer herum, tragen dauernde Nacht in den hellgelben Nachmittag, stehen stumm und sehen inmitten des Einschlages eine von sich, die das Körpermaschinenleben mit dem Sterben bezahlt hat.
Eine von ›sich‹ hat der Straße den Schluckauf in die Kehle getrieben, eine von ›sich‹ sendet jetzt Herztöne, die alle hören müssen: den Tod.

Vier Peterwagen kommen, sie heulen in die Straße hinein, die Stelle wird abgesperrt, Getuschel fliegt noch einmal auf, die Hände verlassen die Hosentaschen, kurz, dann sind alle Männer weg, verschwunden wie ein Spuk. Auch die Fenster stehen leer, bloß alte- und-Ehefrauen schauen heraus; sogar die Frauen mit den Hautkleidern stehen vor ihren Lokalen wie immer, die Arme unter dem Busen, die Hände in den Achselhöhlen. Und die Schminke läßt nichts durch.

Nur eine sagt es laut, sagt laut und hörbar, es geht um: »Die ist niemals gefallen, die ist ganz schön gestoßen worden.«
Augenblicklich wird die Stimme von hinten an den Tresen gequetscht, eine steckt ihr die Hand ins Gesicht, und eine drückt ein Kopftuch auf den Mund.
Gleich darauf ist die, die das in die Welt gesetzt hat, nicht mehr zu sehen, ein Rollstuhl steht davor und ein großer Hund. Aber wieder sagen es einige, während die Polizei die Sterbende schützt, als wär's eine von ihnen, ab jetzt.
Dann kommt ein Feuerwehrauto, ein Notarztwagen, und sie liegt noch leblos wie tot, hineingegossen in ihren Körper, durchsichtig und gehäutet, den Rock nach oben geschoben, als könne er seine Automatik nicht beenden, während ihre zerbricht und nie mehr die Worte sagen wird, die sie als Tonband im Körper hatte, um ihren einzigen Platz zu behalten, den Platz an der Seite des Mannes: unterhalb der Gürtellinie.
Blitzartig ist die Straße leergefegt von denen, die was zu befürchten haben, und sie wird aufgehoben, gebettet, hin- und hergetragen, verschwindet im Laufschritt in der Tiefe des Ambulanzwagens, nur die Notlampen gehen auf und nieder, eine stumme Herztonkette, die mit den Lichtern der Fleischwerbung um die Wette läuft.
Im Notarztwagen ringt eine technische Perfektion darum, ihr das alte Leben wiederzugeben, das ihr genommen wurde, so viele Männerhände arbeiten an ihr herum, wie sie sonst nur nacheinander hatte.
Neben ihr steht ein Mann, er riecht nach Alkohol, er sagt: »Da kommt man mal hierher, will sich amüsieren... und dann das!«, torkelt dann mit den Augen das Haus ab und weiß: »Die ist doch runtergehauen wor-

den, das sieht jeder, Türken und Italiener hausen da... die sind doch immer schnell mit dem Messer bei der Hand.«

Spät abends ist alles vergessen, die Straße ist wie immer. Sie hat ihr Netz wieder geflickt, alles ist tönend und lichtgeputzt, als wären Häuser und Pflaster mit Tränen besprengt und abgebürstet worden; und sie zieht wieder buntbemalt in den Krieg, die ganze Nacht gehört wieder der Feier der Waffen, die aus dem Körper wachsen.

Sonate

»Sie haben etwas verloren, aber ob Ihnen das fehlt, was Sie verloren haben, ist fraglich . . .«

Beide – er und sie leben in einem verlassenen Dorf. Es ist ein kleines, graues Bauerndorf. Sie haben dort immer gelebt, sie lebten dort vierzig Jahre gemeinsam, in dem Haus, in dem Garten am Schluß des Dorfes.
Die Frau hat kein Gesicht mehr, sie liegt in ihrem Bett, versunken in Bettzeug.
Der Mann steht vor dem Fenster, er wartet, daß die Zeit vergeht – wartend. Die Frau verkrümmt die Hand, sucht in der Luft, streckt sich nach oben. Die Hand tastet, die Hand fleht, die Hand verbiegt sich furchtvoll, dann schließt sie sich zur Faust und fällt steif in die hohe Bettdecke.
Der Mann steht immer noch ohne Bewegung vor dem Fenster mit der Gardine.
Über den Hof schwingt sich eine Sonate. Sein Mund lächelt schmal und verwundet. Seine Augen begleiten die Regentropfen, Noten der Sonate. Die Scheibe beschlägt sich, die Bäume stehen schwarz wie abgebrannt. Dann dreht er sich in den Raum zurück, die Zeit vergeht, eine Zeitlang schon ohne sie.
Abend liegt nun im Zimmer, die Zeit vergeht als Helligkeit. Langsam macht er einige Schritte auf sie zu – unhörbar.
Der Mund lächelt wie vorher, er setzt sich und sein Lächeln auf den Stuhl neben dem Bett und wartet auf die Dunkelheit.

Beide sind tot.
Der Beamte fragt ihn, wann seine Frau gestorben sei. Der Mann lächelt und sagt, daß er es nicht wüßte. Der Beamte schreibt irgendeine Zeit ein, sagt: »Tot ist tot. Eigentlich ist es egal.«
Der Mann hört nicht hin, sagt: »Ja.« Nach der Beerdigung kehrt er zurück in ihr gemeinsames Haus.
Er betritt es von hinten durch den Torbogen aus verwelkten Blättern und Ranken.
Der Garten ist so groß wie sein Zimmer, nach allen Richtungen ist er abgeschirmt durch hohe Sträucher.
Es ist Sommerende, ockergelb, kastanienbraun und rostig. Blätter tänzeln im Wind, der Haus und Garten umläuft. Er setzt sich auf einen Stuhl im Garten, besieht unverwandt eine liegende Gießkanne, äugt durch die Löcher in den Sträuchern.
Niemand.
Er ist jetzt ganz allein.
Immer.
Er steht auf, stellt die Gießkanne an die Hauswand fürs nächste Jahr, rupft Büschel Unkraut und läßt sie wieder an die Stelle fallen, aus der er sie gezogen hat. Die Sonne wird jetzt hellgelb, milchig und dem Wind ähnlich; sie wandert allmählich über das Haus, ein eckiger Schatten fällt über sein Gesicht, den Stuhl, breitet sich über den Garten aus. Der Schatten geht in die Dämmerung ein, am Schluß des Tages.
Niemand war da.
Am Morgen türmt drinnen eine Verwandte ihr Bettzeug aufeinander, packt die bestorbene Wäsche in einen Sack, wirft ihn vor die Tür, beide sprechen kein Wort.
Er besieht die Fotos in einem Rahmen an der Wand, sie

sind seinen Augen fremd, die Fotos sind schon früher gestorben, jetzt ist auch sie tot.
Die Frau deckt das Bett mit einer dunklen Decke ab, ordnet dann laut ihren Schrank, zeigt ihm verschiedene Gegenstände, die sie auch nach draußen auf den Sack wirft.
Sie ist flink und herrisch, sie will nach Haus, hier ist niemand mehr, nur die Wäsche der Toten wird sie noch waschen, denn sie gehört zu ihr. Er läuft hinter ihr her, lächelt und nickt, begreift nichts, kann nichts begreifen.
Sie wirft die Tür zu, von außen, geht mit dem Sack durch den Garten. Erschrocken hält er sich am Tisch fest, seine Augen ruhen auf der neuen Tischdecke. Dann streicht er über sie – viele Male.
Vorsichtig beginnt er auf und ab zu wandern, er wandert viele Stunden den Raum ab. Die Zeit vergeht mit der Helligkeit.
Später befühlt er mit der Handoberfläche das Bettgestell mit der dunklen frischen Bettdecke, verweilt am Kopfende, die Augen schließen sich, die Lider hängen müde und reglos wie bei einem Toten, dabei erinnert sich das Lächeln seiner.
Er läßt sich in den Sessel neben dem Schrank nieder, läuft mit den Augen tastend die Einrichtung ab: ein Tisch in der Mitte, zwei Sessel mit Holzlehnen, zwei Kugellampen auf dem Nachttisch, drei Vasen ohne Blumen, Gardinen mit Rüschen vor den Fenstern, dahinter der Strauchgarten.
Drinnen und draußen nichts.
Niemand.
Langsam erhebt er sich, öffnet zwei Schubladen, ganz sacht, stiert hilflos auf mehrere Bündel Briefe, sie sind

mit einer bunten Schleife zusammengehalten. Zuoberst liegt ein Foto von ihm, er ist sich ganz verlorengegangen – wie sie ihm auch.
Mit zwei Fingern hebt er das Bündel dann mutig an die Augen, dreht es mehrmals, schiebt die Schleife beiseite, vorsichtig – dabei verbreitert sich sein Lächeln.
Jetzt läßt er Licht an das Bündel heran, hält es unter die Kugellampe, die Augen schlafen geöffnet.
Die Sonate kommt wieder über den Hof in den Garten.
Seine Hände wagen es: Er lockert die Schleife. Einige Briefe fallen zu Boden; ertappt bleibt er stehen, rührt sich eine ganze Weile nicht, drückt die restlichen Briefe zusammen, setzt sich erschöpft und blickt immer wieder über die Briefe hin, begreift nichts – da ist nur sein Schreck, mehr nicht.
Nach langer Zeit sammelt er sie alle wieder auf, einzeln und auf die Umschläge achtend, lesend; versteht nichts mehr und liest nichts mehr.
Verwundert legt er die Briefe in die Schublade zurück und schiebt sie übermäßig achtsam und übermäßig zärtlich zu.
Seine Augen tasten minutenlang sein Bett ab, nicht eine Bewegung des Kopfes, nur die Augen: stumme Pendel, Fluchtversuch und Stille, Fluchtversuch und Stille. Die Stille naht und wächst als Zukunft.
Dann ruht er auf dem hohen Weiß.
Steif und langgestreckt erwartet er den Schlaf, seine Augen baden in dem Licht der Kugellampe, die Augen verlassen das Licht nicht, denn sie fürchten die Dunkelheit vor und hinter den Lidern, sie schlafen weit geöffnet, bis der Tag die Zimmerhelligkeit ablöst.
Es ist Morgen.
Umständlich schlägt er sein Bett zurück, läßt sich auf

den Boden gleiten, entdeckt wieder die Fotos an der Wand, öffnet wieder die Schublade, sieht wieder über die Briefe, schiebt die Schublade wieder zu – in Zeitlupe.
Er geht in den Garten.
Der eckige Schatten ist weg, er setzt sich auf den Stuhl, lugt durch die kahlen Stellen im Blattwerk, die sich vergrößern.
Kein Mensch. Niemand. Auch nicht mehr sie.
Seine Augen streifen durch den Garten, fallen dann zurück auf seine Hände. Er dreht seine Finger vor die Augen, blinzelt durch die Finger, atmet dann zweimal hörbar.
Nichts.
Aber dann: Stimmen von anderen fallen in den Garten. Er lächelt ihnen entgegen, die Hände sind vergessen, er spannt sich, reckt sich – und wartet.
Mit ihm spricht niemand.
Die Stimmen versickern hinter seinem Haus. Jetzt – dicht neben ihm auf der Anhöhe – ein sich fortsetzendes Lachen, Töne von Mund zu Mund wie die Sonate, dann still wie immer. Nichts.
Auf dem Fenstersims streicht eine schwarze Katze herum, sie meidet ihn, drückt sich platt gegen das Fenster. Er versucht, nach ihr zu greifen, der Stuhl knarrt. Er packt die Katze um den Bauch, das Schwarz wird lang und dünn, sie zappelt. Der Mann drückt den Körper an sich so lange, bis von weit her das kullernde Lachen wieder zu hören ist. Die Katze lauscht, irgendwo trillert und raschelt etwas. Sie wird unruhig und stellt die Ohren auf, springt dann blitzschnell vom Schoß. Auch das Lachen ist plötzlich weg, ein Stein fliegt der Katze nach.

Er hält die leeren Hände vor sich wie einen Spiegel, lange – dann fallen sie in den Schoß zurück.
Der eckige Schatten kommt wieder, und er kehrt zögernd ins Haus zurück, schließt die Tür, zieht die Gardine zu – mit viel Langsamkeit, lugt noch einmal durch die Gardinen: niemand. Nichts.
Mit einer Einkaufstasche schlendert er durchs Dorf.
An zwei Fingern baumelt der abgegriffene Beutel, er wedelt ihn im Gehen, damit die anderen nichts Trauriges denken müssen. Die Leute grüßen ihn. In Grüppchen stehen sie dicht beieinander, sagen: »Wir sollten ihm etwas sagen.« Sie verbiegen sich unbeholfen, grüßen artig im Chor, sehen ihm nach, kommen nicht an sein Lächeln heran.
Der Mann geht über eine Brücke, der Wind zaust an seiner Tasche. Unvermittelt bleibt er stehen, sieht nach oben in ein seichtes, endloses Blau, überstrahlt von einer kühlen Sonne. Er muß die Augen schließen, wankt ein wenig.
Am Brückenende spielt er mit einem Stein, zweimal, dreimal, geht weiter an ein paar Geschäften vorbei, die Tasche bleibt leer.
Der Mann geht zum Friedhof, baut sich vor das Grab auf, legt die Tasche ab und zupft an einigen Blumentöpfen, besieht das frische Holzkreuz, liest wieder den Namen, versteht nichts und begreift nichts.
Gebeugt und müde geht er auf den Hügel des Friedhofes. Kleine Äste brechen und Laub quirlt unter seinen Füßen, die Haare wehen im Gegenlicht, er lächelt und blickt weit, weit über die Ebene. Ganz hinten liegt die Kleinstadt, in die er mit ihr immer noch einmal hinwollte. Nur der Wind treibt ihn voran.
Der Wind reißt den Wolkenschatten aus dem Wald,

zieht ihn wogend über die Felder hin, das Feld liegt in der eilenden Schattenlast; dann – sobald der Schatten über den großen Wald hinweggezogen ist, erheben sich die Halme wieder, baden in der absinkenden Sonne, schaukeln ruhig von einer Richtung in die andere wie gekämmte Haare.
Später eilen die Wolken ganz hoch oben, kalt und schattenlos, und die dicken Sträucher stehen kniend in den Erdboden geduckt, dunkle betende Frauen.
Er geht über den Hügel wieder hinunter, sehr vorsichtig, nimmt seine Tasche und geht durch den Pappelgang hinaus. Überall im Dorf ist nun Schatten, am Ende des Dorfes wartet schon eine feuchte Dämmerung.
Er macht in seinem Zimmer kein Licht an, legt die Tasche auf den Tisch, stellt sich an das Fenster und sucht lange den Abend ab.
Niemand.
Manchmal treten Lichtkegel in sein Gesicht, die Arbeitenden kehren zurück aus der Stadt; unerwartet strahlt es hell auf, dröhnt es nach der Kurve, dann zieht das Geräusch in einer Lichtschleppe an seinem Haus vorbei, hinterläßt eine große, lange Stille.
Ungebrochen die Nacht oder der Tag, hell und dunkel durch sein Gesicht, durch sein Zimmer, dann nur sein Atmen zusammen mit der Uhr.
Der Mann geht zum Pfarrer. Er sitzt mit ihm in seinem Haus ganz aus rotem Stein und Efeu. Ihre Hände ruhen auf einem groben Holztisch. Sie sind beide alt. Der Pfarrer spricht unermüdlich, sein Gesicht ist rosig.
Während er spricht, zielt er auf das steinerne Lächeln des anderen. Der Mann sagt dem Pfarrer, daß sich bei ihm die Frage nach dem Warum nicht stelle. Der Pfar-

rer blickt ratlos, seine Augen haben die Farbe von Weihwasser. Er sagt: »Sie haben etwas verloren, aber ob Ihnen das fehlt, was Sie verloren haben, ist fraglich.«

Der Mann neigt den Kopf, nur sein Lächeln verdünnt sich, mehr nicht. Der Pfarrer sagt: »Der plötzliche Verlust lehrt sie ihre Blöße und Armseligkeit.« Der Mann hört still und vergißt zu nicken. Der Pfarrer sagt: »Sie sollten zu sich selber finden, heimkehren.« Der Mann spielt an seinen Händen, reicht sie dann dem Pfarrer und wendet sich der Tür zu. Er war schon lange draußen, er hatte nur vergessen, sich zu erheben.

Der Pfarrer wünscht ihm einen schönen Abend, er bedankt sich, dabei friert sein Lächeln wieder in sein Gesicht ein.

Die Tür fällt hinter ihm ins Schloß, er geht heimwärts.

Es ist wieder dunkel. Der Herbst schreitet fort, erst die Dunkelheit, dann Kälte und Winter, die Blätter rascheln glasig, bevor sie modern.

Immer wieder steht er vor dem Fenster, studiert die Fotos, streicht über die Decke, sitzt im Garten ohne die Katze, bis der eckige Schatten mit der Kälte kommt. Die Sonate besucht ihn weiter in den Vormittagsstunden, die Sträucher sind nun nackt, und überall kann er durchsehen, aber da ist niemand. Nichts.

Wieder geht er in das Dorf auf den Friedhof. Steht mit gefalteten Händen vor dem Kreuz, liest unaufhörlich den Namen.

Wind reißt in seinen Haaren, wirbelt Staub und Laub hoch, er muß die Augen schließen.

Die Kühle kommt jetzt schon vor der Dunkelheit.

Gegen Abend belebt sich der Friedhof. Stimmen ertö-

nen aus verschiedenen Richtungen, umranden ihn. Ängstlich dreht er sich im Kreis, lächelt sein Lächeln bekannten Nachbarn zu, nimmt dabei die Hände nicht auseinander. Rührt sich nicht und tut nichts.
Sie versuchen, mit ihm zu sprechen. Einige fassen ihn am Arm. Er sieht verwundet aus ohne jeden Schmerz. Sie reden und reden: Sandrieseln, Windflüstern, Blattrascheln.
Er wächst ganz hoch auf, sieht und hört sie aus einer Welt, wo die Augen nur noch sehen, um nicht zu stürzen, Gegenstände nicht zu verfehlen, mehr nicht.
Immerfort kommen sie nur an sein Lächeln, es ist ihnen noch fremd und versetzt sie in Furcht, denn sie sind in ihm, alle, das wollen sie nicht, niemand will das.
Endlich vergessen sie ihn, harken, pflanzen und zupfen an ihren Gräbern, unterhalten sich dabei über ihre Familie, die lebt.
Dann kommt der dunkle Abend, schon vor den Autolichtern. Sie werfen Harken und Spaten weg, recken die gekrümmten Rücken, verweilen zufrieden vor ihrer geleisteten Arbeit für die Toten. Noch einmal entdecken sie ihn wieder vor dem Grab. Er steht: ein toter Baum, unnahbar.
Sie rufen nach ihm, er antwortet nicht, aber er wendet sich ihnen zu, erinnert sich ihrer. Die Frauen und die Kinder ziehen ab, werfen das eiserne Tor zu. Ihre Stimmen hüpfen über die Gräber, der Wind zerreißt ihre Worte und Sätze.
Der Abend ist besonders schwarz. Noch einmal dreht er sich auf der Stelle, viele kleine Schritte und Tritte im Kreis, die Blätter rascheln und tänzeln leise von Grab zu Grab.
Er versucht noch einmal zu entkommen, plötzlich und

kurz, da ist schon Nacht, und beißende Feuchtigkeit fällt, schwarze Wände stehen dicht an dicht und wachsen. Schwäche und Bewegungslosigkeit vergehen als Stille, nur sie wird laut und lauter; langsam verfällt der Rücken der Erde, und klein und kleiner werdend sinkt er ihr zu, ihr entgegen, die kommt, etwas und nichts, aber auf immer.

Und gelassen über den Mond gebeugt

»Die Einfältigen schreiben praktisch aus den Verdauungstrakten heraus ...«

Ruhig die Stille des Zimmers durchgehen, sich in der Haltung eines Genießers auf den Sattelplatz vor die Maschine setzen, das weiße Blatt hervorziehen... und einspannen... bloß klein anfangen!
Schlicht nur den Satz ernten, der reif ist... mehr nicht! ... OSMOSE... ja – das Wort ist richtig! Das war es! ... OSMOSE... noch einmal ein Anlauf!
Es ist ein wunderbares Wort, aber weg der Rest! Die Verbindung ist abgeschnitten... keine Aufregung! Nur dieses Wort hüten. Es kann mir nicht verlorengehen. Es steht schwarz auf weiß – und andere werden folgen.
Nur eine kurze Sinnblockade, weiter nichts... ich hätte dem Wort nicht gleich das Papier zeigen dürfen... es war zu früh, einfach zu früh.
Eben noch die wühlende Fülle, nun diese rachsüchtige Leere... warten! Die Finger unbewegt liegen lassen – eine Choreographie der Geduld – schöner Ausdruck! ... die Rosenfinger betrachten... selbst die Bewegungslosigkeit ist von vorbereitender Bedeutung.
Eine Zigarette wird erlaubt sein. Nikotin wirkt sich anregend auf die Hirnlappen aus... Lappen?... sehr komisch!... stimmt wohl nicht! Ich hab's mal gelesen... lange her. In Verbindung mit dem dritten Auge. Ja – mein Gedächtnis ist hervorragend, einfach hervorragend!

Das dritte Auge... neben dem Ohr. Merkwürdig genug! Das Auge der Wahrnehmung... für uns Künstler wohl eine Extraausstattung.
Wieder ist der Aschenbecher nicht zur Hand. Er hat rechts neben der Maschine zu stehen! ...wie soll man da konzentriert bleiben! Gerade in der Heftigkeit des Übersinnlichen... jetzt der Zwang zum profanen Stöbern! Dann verzichte ich auf die Zigarette. Inzwischen könnte der Satz wiederkehren, und ich befinde mich mitten in der Taubheit eines gräßlich aufgeräumten Raumes...
Irgend jemand hat mir den Stuhl verstellt. Das ist es! Er war immer schon unbequem, und ich spürte mein spitzes Sitzen, allerdings... dann nie, wenn ich mich in der Woge des Schreibens befand... sozusagen höher und leichter gehoben wurde auf den Kamm meiner Erschaffungen.
Selige Zeiten!... da rührt sich wieder was. Wie gut, daß ich sitzengeblieben bin... OSMOSE... und? aber nun hinab, hinab wo die Wurzeln lautlos sich bewegen... und?? weiter?... nichts!...
Die Fingernägel sind viel zu lang und aufrührerisch ungepflegt. Was die Vorgänge des Körpers für eine Mühsal bedeuten... ein leichtes Unwohlsein steigt vom Hosenbein aufwärts.
Die Maschine – sonst meine Klaviatur, mein Klangkörper... heute: mein Fallbeil! Trifft immer nur die besten! Die Einfältigen schreiben praktisch aus den Verdauungstrakten heraus... die Welt ertrinkt in Tagebuchergüssen und Gedichtchen...
Den Saum eines jeden Satzes könnte ich küssen, wenn er nur geistreich, alltagsfern und künstlich ist. Einzige Begierden: Ausdruck und Form!

...Vielleicht sollte ich doch erst an die Kritik gehen, an den Ärgerlichkeiten anderer lernt man sich wieder zu schätzen. Da weiß man, daß die Qual zu recht besteht, daß selbst die Schreibhemmung nur die Eleganz des Nochnichtgesagten beweist!
Wieso ist mir so heiß? ...das kann nur die Wortschwallhitze sein. Der Raum ist überheizt, zu aufgeräumt... und alles ist verstellt! alles!...
Die Strickjacke muß aus! Sie kratzt und sticht... ich wußte es gleich, aber jeder vernünftige Einwand blieb auf der Strecke. Wer trägt heute noch Schafwolle, ein ganz und gar unpoetisches Kleidungsstück... nimmt einem alle Würde. Die beleidigende Wollansammlung einfach auf den Boden fallen lassen... etwas Unordnung um einen herum tut gut...
Das waren noch Zeiten, als ich ein richtiger Künstler war! Einsam und aufs Werk verkommen. Ein großer Geist braucht einen Stuhl, einen Tisch, viel Papier, zehn Rosenfinger, etwas zu essen... und eine Zukunft zurückgezogen aufs Wesentliche!
Askese! ...der einzige Ort, der Heimat bleibt... wieder hervorragend! Durchaus kein geistloser Umweg, aber er macht nur konfus...
Vielleicht doch eine Zigarette? Die Dumpfheit im Kopf breitet sich aus. Auf alle Fälle muß das Blatt wieder aus der Maschine. Es ist das scharfe Weiß, die Augen irren und müssen sich beschämen lassen... das Gesamte noch einmal mutig von vorn! ...es ist ja in der Tat eine klägliche Ausbeute: Osmose – in erschreckender Kahlheit.
Bloß das Papier gleich zerknüllen. Man müßte sich zu Tode schämen. Jetzt auch noch Harnandrang und Magenknurren... unterdrücken! Es ist mir schlichtweg

nicht möglich, auf dem Flur auch nur einem einzigen Simpelgemüt zu begegnen... und womöglich erwischt mich noch die Liebreizfrage von ihr: »Na – geht's voran?« ... als müßte ich in ein unheimliches Land vorwärtsrücken und selbstverzehrt und wortbekränzt aus dem Zimmer hervortreten...
Sollte ich Hunger haben? Bloß das nicht!... eine Binsenweisheit: wo nicht Denken ist, setzt sich augenblicks ein unbändig erläßliches Gelüst des Körpers! Drei Tage ohne Arbeit, Papier und Stift – und schon verwandelt man sich in einen lallenden Fleischklumpen... überhaupt: meine Unproduktion ist die Folge von mehreren Feiertagen hintereinander... einer unbekömmlicher als der andere!
Kaum sitzt ein halbes Dutzend Menschen um einen gedeckten Tisch herum, fallen sie in ein Inferno der Stupidität. Köhlers – ihn, sie und die Kinder – ertrage ich erst wieder in einem Schaltjahr! ...Vor nicht langer Zeit schrieb er genuine Prosa, dann heiratete er eine Textanbeterin – Tippi genannt! – kaufte sich ein Haus – und was für ein Totenhaus! – danach verchromte er Aufsätze zu Essays... heute zerkaut er Satzreste zu einem Brei... und wagt sich über meine Texte her! Jede Zeile von mir ist welthaltiger!...
»Und – er geht dahin hinan... hinan im glühenden sprühenden Traum sie zu erreichen«... ja – das ist Dichtung! Hätte ich schreiben können, wenn... die Marginalien fallen über meine Fülle her!
Zum soundsovielten Male ein zwanghaftes Gähnen. Da soll man schöpferisch bleiben!... Ich bin müde... woher bloß!!... Es ist der tote Punkt, aber was war vorher?... Schluß, Ende... mit frischer Einbildungskraft hinaus, hinaus aufs Minenfeld des Bösen, das Ge-

dankengut jagen... den Stuhl einstellen, die Stifte griffbereit, Ordnung muß sein, sich laut schneuzen und gereizt husten, damit die da draußen auch hören, daß hier gearbeitet wird... und daß jede Störung der jähe Absturz wäre... nun – das Papier herausgeholt, die Anfänge vor dem Weiß schützen...
Und nur beginnen... ich bin ein Wortwildjäger, ein Satzerotomane, ziehe die Worte aus meinem Köcher... Ziel und Schuß... ein Treffer... es geht, es wird gehen... ja – nur einfach, immer nur einfach bleiben! Erst in der Freilegung des Hohnes über sich entsteht Sprache, die zur wahrhaftigen Quelle führt... das ist aber nun wirklich eine stilistische Hochleistung!... und einfach so, aus heiterem Unmut!
Diesen Satz gilt es zu bergen, egal wie stark der Schreibandrang jetzt sein mag! Aber wohin mit ihm... in den Tagebüchern lagert er sich bleich... vielleicht in die Gedichtsammlung? In den Kritiken ist er gut einzusetzen, ist geradezu didaktischer Kernsatz für Schriftsteller... das heißt: für die, die noch welche sind!...
Nein – jetzt hab ich's: Er wird einen kompletten Aufsatz ins Leben rufen, einen Aufsatz über die Ironie. Ein Thema, dessen ich mich schon längst hätte annehmen müssen!...
Um sicher zu sein, daß mich der Nebeneinfall nicht verschmutzt hat, werde ich ein paar Schritte im Raum herumgehen. Eine Säuberung auf das Eigentliche hin. Es muß so etwas wie Triebhaftigkeit auf die entfernt stehende Schreibmöglichkeit wachsen...
Hoffentlich hört mich niemand! Ich werde die Schuhe ausziehen. Nein! ...das ist lächerlich... ein strumpfsockenherumlaufender Mensch ist unfähig zu Höherem... ohne Schlips, das geht, aber nicht eine Vernach-

lässigung, die sich auf die gesamte Haltung auswirken kann. Äußere und innere Haltung ergänzen sich erotisierend nur miteinander, wenn Form und Inhalt in subtilster Balance bleiben... Ja – Wegrand bin ich... Styx und Stern. Hervorragend! Könnte von Benn sein!

Das Laufen hat gefehlt... es gibt mir meine Größe wieder. Aufgerichtet und unerwartend weiß man erst, wer man ist! Kein Grund, sich jetzt schon geschlagen zu geben... es bleibt noch genug Zeit, unbegabt zu werden!...

Das ist auch schon wieder ein Reiz im Hirn, ein spürbares Denkleuchten. Nein... ich widerstehe. Ich warte noch... natürlich könnte ich auch draußen herumlaufen. Das wäre weniger albern. Die Straße kurz hoch und runter, den Blick auf die Schuhe. Ganz sicher überfielen mich außerhalb die Worte, die Sätze, die ungestümen Formulierungen!...

Und dann kein Papier, kein Unterschlupf zum Aufschreiben... unvorstellbar! ...womöglich noch ein bekanntes Gesicht, das einen zum Gruß nötigt – und der geknüpfte Gedächtnisteppich wär' dahin!... bloß drinbleiben. Ich weiß schon, was zu tun ist. Man kennt sich und handelt danach!... immer nur gehen, gehen im Kreis... den Kopf aufrichten, gut durchatmen, das Hirn von Unkraut, Unmut und Unsilben befreien... eine Glaubersalzlösung – das wär's!

Hoffentlich klopft niemand. So im Fluß wäre es das Ende! Es genügte, wenn sie riefe! Keine Antwort. Sollen sie denken, was sie wollen...

Fehlt nur noch, daß sie wieder Bärchen ruft! Eine Totalentgeistung!... Dädalus müßte man heißen und mit der Welt gebrochen haben... dafür Bärchen! Was für ein Preis an die Liebe!...

Da ist wieder ein drängendes Geraune unter der Schädeldecke. Gleich... gleich... geht es weiter... im Schreibfluß des Unsagbaren – bis zur Erschöpfung.
Fest steht: heute esse ich nichts! Essen macht feist und zwingt zu falschen Ausscheidungen... jetzt kommt es! Leicht und unverkrampft auf die Maschine zu, dem orpheischen Gesang folgen, der die Finger in Noten verwandelt und in Flugscharen Wörter aufs Papier wirft... und nicht aufs Blatt blicken, das Weiß ignorieren! Sich unter den Text im Kopf ducken, sich freien Lauf lassen... und los: OSMOSE... da ist es wieder! Was für ein Beharren auf den Anfang!
Gleich weiter, frisch drauflos... ...OSMOSE... und – aus! Unfaßbar! Schnell eine Zigarette. Nicht hinsehen. Da steht nichts. Das Weiß ätzt mein Auge... rauchen, ziehen – und ein anderes Papier. Das ist es! Das Wort ist durch die Wiederholung neurotisiert. Eine andere Farbe wird es heilen...
Grün! Grün habe ich noch vorrätig, reichlich. Grün ist ohnehin die passendere Farbe zum gedachten Text. Beruhigend, poetisch und dahinsagend... Grün – Sehnsucht und Verheißung. Weg – mit dem Geschriebenen... auf den Fußboden.
Aber gleich erfaßt es mich wieder, ich spüre es überdeutlich... ein Zittern ist in mir wie bei den herrlichsten Schüben, die Gewalt zur Schöpfung zieht und drängt... und – hinab, hinab... wo die Wurzeln lautlos sich bewegen... und hinein mit dem magischen Blatt!
Die Leere!! Was für eine Wohltat... die Rosenfinger bereit – und tanzend dem fremden Singsang der Tasten nach, in eilender wollüstiger Bewegung... und gleich hin mit dem Erguß: OSMOSE... ja – ja –, das ist richtig!

Wie schön es aussieht, verlockend und tief, ein einsames, erhabenes Wort! ...Schluß! Das war es wieder... alles verkrampft. Dem Satz hilft kein Kaiserschnitt, keine Geburtszange... nichts. Bloß an der Zigarette ziehen, die Maschine aus!! Ein für allemal: Die Bilder verschwunden, der Kopfschmerz da. Peng! Erledigt!...

Wenn ich doch nur über der Maschine zusammenbräche... im Schaffen mitten auf der Bühne der eigenen ungestümen Bilder vom Herzrasen überrascht. Zwischen Phantasie und Wirklichkeit vom hoch gespannten Seil gestürzt! ...und dann der Nachruf... ohne meine Anstrengung... einfach die Erlösung!

Das Blatt, die Schmähung raus... und zerfetzen, weg damit! Was für ein Tag!...

Das Dasein getrieben vom heftigen Wunsch, von sich erlöst zu werden... was – für eine Formulierung! Reinstes Textpurpur!... bloß im Kopf behalten. Für einen solchen Satz müßte man sich eine Abstellkammer im Gedächtnis einrichten... aufschreiben heute nichts mehr, das treibt aus der Strömung!...

Im Flur ist ein solches Gerangel, als hätte sich die Nachbarschaft versammelt, um mir die letzte Ehre zu erweisen. Es ist die boshafte Unruhe, die mich auslöscht! Kein Mensch kann da schreiben, nur Rohlinge und Amusische. Ob ich mich ein klein wenig hinlege? ...nicht einmal die Schuhe ausziehen... nur die Oberfläche des Überzuges zart berühren, ein Weilchen still liegen... und nichts denken, bloß das nicht! Nein... das geht nicht! Ich darf nicht nachgeben.

Aufrecht bleibe ich sitzen. Einmal nachgeben, zersetzt! ...es ist wie beim Reiten... besteigt man das Pferd nach dem Absturz nicht wieder, geht es stets mit einem durch, man verliert die Beherrschung über das Tier. Also weiter... steif und gefaßt mit stierem Blick auf die Tasten...

Es riecht ganz widerlich nach Essen. Es verschafft mir schon aus der Ferne Blähungen! Das banale Leben drängt durch Tapeten und Ritzen: Ein Hohn auf meine Arbeit! Ich lasse mich nicht beirren, der Stuhl bleibt besetzt!

Ja – früher, das waren noch Zeiten... für jede gelungene Zeile stieg ich tiefer unter Tage. Ein Kunstmensch bis ins Mark. Nur kurz den Schreibraum verlassen, um stehend in der Küche etwas Eßbares hineinzuschlingen, dann weiter den Satzketten hinterher... Einstmals: schlecht möbliert und hochbegabt! Das Bett in wüster Unordnung, Laken und Kopfkissen zerdrückt vom Wälzen im Gedankensud – und gleich beim Kämmen und Rasieren war man schon im Taumel der Bilder... ja – selbst der Gang zum Mülleimer gerann einem zum Sonett. Und heute? ...ein Verstoßener aus seiner Begabung, verirrt ins Leben!

Ein bißchen Hunger ist schon da. Unbestreitbar. Mit knurrendem Magen dichtet es sich schlecht. Rotkohl mit Pute gibt es! Tagelang wurde schon verbal vorgekocht. Den Appetit müßte es einem vergraulen... ein für allemal... Hirn – Magen der Seele! Ach – hilf mir...

Was nun? ...in seinem Gefängnis, das die Maße der Welt angenommen hat... wie niederschmetternd treffend von Braun! Doch hinausgehen? ...einen Allerweltsmenschen markieren, freundlich, aber streng jeden Dialog verwehren... das versteht sie. Nein – das geht nicht!

Allein der Geruch der Pute, dann das Reißen um Brust

und Bürzel... und wie eklig gut gelaunt Menschen werden, halten sie Messer und Gabel aufrecht. Eines ist gewiß: Sobald ich an den Eßtisch geknebelt bin, erheben sich meine Tast- und Denkranken zu voller Blüte, und eine Erleuchtung nach der anderen jagt durch meine Hirnwindungen. Und dann mitten in einer Runde, wo orale Triumphzüge stattfinden, wo bergeweise zerstückelte Nahrung vom Teller in den Bauch geschleppt wird... unaushaltbar!...
Und wehe – ich stimme nicht in die Euphorie über das tote Stück Fleisch mit ein... dann wissen alle, wie es um mich steht... und während wir noch säßen, auf das Skelett der Pute sinnierten, packte mich rohe Faulheit, ich wäre für den Rest des Tages verhunzt! ... Ich bleibe vor den Tasten sitzen, einzig angemessener Ort!...
Tapp – Tapp – da kommen wieder Gedanken. Nur der Ausdruck ist stoisch, mein Laboratorium arbeitet, das ist die Hauptsache. Diesmal ist der Andrang nicht so stürmisch, er wird sich auf viele Seiten verteilen.
Um meiner Begabung willen: Laß sie jetzt nicht klopfen, um mich zum Essen zu zwingen! Zum Verrücktwerden dieser Druck! Ich sollte abschließen... vielleicht eine Decke vor den Schlitz drücken. Niemand darf mich stören! Niemand! Die scheußliche Strickjacke kann ich unter die Tür verteilen... herrje... Ich höre schon ihr Stöckelstakkato um den Eßtisch herum... die Ohren zu! Unmöglich – das Nahen des Ausdrucks abzuwürgen. Lieber ohnmächtig. Ich käme jetzt auch nicht mal mehr aufs Bett, alles ist verspannt, der Körper weiß schon wovon! Beim störrischen Kopf: Wie lange mußte ich heute warten, bis sich meine geliebte Sprache hervordrängt!...

Es ist alles wieder da: Die Wortschwallhitze, das heftige Atmen, das Zittern der Rosenfinger. Alles ist bereit, alles. Liz! Liz!... Erhöre mich, laß mir Zeit... mach, daß die Pute mitsamt Kraut und allen Töpfen verkohlt! ... aber ein Stückchen laß mir noch... für danach.

Tapp – tapp – tapp... da treten sie heraus aus der Choreographie des Ganzen... einzeln und bescheiden, die sensiblen und unaufdringlichen Wörter, die dem Text das Fluidum geben... kommt nur, kommt... meine Rosenfinger werden euch auf die Welt bringen. Kein Blatt erpreßt euch... ich warte. Erst im letzten Moment, wenn der Ansturm unerträglich wird, spanne ich das Papier ein. Ich mußte lernen!

Nur einen Schluck Wasser, damit die Kehle nicht austrocknet, weiter nichts. Ich verweile: Einzig gerichtet auf das Absolute! Magen sei still! Und Ohren hört nicht, hört nicht die Drohung vor meiner Tür!...

Himmel – da ist auch schon der Entzückensschrei über das gebratene Tier! Kein Ort, der mir angemessen!...

Jetzt sind die leichten Worte wieder weg. Nur das bekannte Hauptwort tritt energisch in den Vordergrund. Ich lasse es geschehen. Ich beuge mich, es wird wissen, warum... gut – ich öffne die Schublade, ziehe das Blatt hervor, spanne es ein, wage es, mich noch einmal diesem Signalwort hinzugeben: ...OSMOSE... OSMOSE... es braucht die Verdoppelung. Keine Frage! Aber jetzt entziehe ich ihm ganz operativ die Buchstaben, ich verwaise es sozusagen, öde sie weg. ...ich reiße ihm das ›e‹ aus, das ›s‹, vor allen Dingen das großspurige ›o‹... der Rest steht kleinlaut, sehnt sich nach der Spannung, der Opulenz der anderen Wörter. Die

Buchstaben entwickeln eine magnetische Kraft durch den Entzug... gleich – gleich wird sich die Besitzgier des Hauptwortes rächen, die Buchstaben werden so gierig herbeigedacht, daß sich die restlichen eingeklemmten Sätze derartig heftig über mich hinweg auf das Papier ergießen... daß mir vielleicht sogar schlecht wird. Es kommt zum Ausbruch. Mir zucken schon die Mundwinkel... gleich, gleich... ja – jetzt kommt alles raus: ... OSMOSE...
Eben wurde geklopft!! Ich wußte es! Welch eine Übelkeit!... kein Wort könnte ich weiter, kein einziges, nie mehr!
Genau am tiefsten Punkt des Ausdrucks klopfte es! oder?? »Liz... was soll das! Ich komm' ja schon!«...

Kunst/Nacht/Schlaf/Kunst

»Ich liebe die Lüge, nur der Aufenthalt in ihr offenbart die Verwestheit der Wahrheit ...«

Die Stille ist voller Schmutz, voller Tränen und Rufen, die nichts als Zoten sind.
Das herzliche Herz, welches sich ununterbrochen bemüht, mit den anderen zu sein, die lange nicht mehr mit einem sind.
Die Nacht als Wut und hektische Vergeblichkeit.
Das einzig Entzückende an der Vergeblichkeit ist ihr Aufwand.
Ich bin verrückt und sehnsüchtig nach der Kultur, ihrer Ablagerung, die mir die Stimmen, all die verlorengegangenen Stimmen aus Schreien und Verbotenem in Angemessenheit zurückbringen.
Ich bin verrückt nach der Wohlgefälligkeit der Poesie, die mir hinter ihrem Beben, hinter ihrer eingemauerten Unordnung doch ihr Spucken verheißt. Nicht ihre Oberfläche, ihr Blumiges, ihr Sing-Sang der Sinne ist es, es ist ihre Verdorbenheit, die aus dem Wort hängende Zote, die Sekunde der Wahrheit, die die Zähne bleckt; sie ist der Schatten in einer Flut aus Licht, das gegen die Lüge erfunden wurde, die wunderbar und einzig ist, denn sie allein ist der Beweis einer riesenhaften Anstrengung, die einstmals Aufruhr hieß.
Ich liebe die Lüge, nur der Aufenthalt in ihr offenbart die Verwestheit der Wahrheit.
In der Stille, die schmutzig und wühlend ist, zeigt sich die Wahrheit als Schwindel, stockt der Atem als

Arhythmik, als Aufblitzen der Gier nach dem Unvorhersehbaren, denn nur dort liegt das unbenennbare Wunder, das tief in die Geschichte des Lebens eingegerbt ist – und sich im Zucken eines einzigen Haares zeigt.
Die Sekunden des Tages halten, ihr strenger Ablauf vertuscht die Sucht nach dem Verglühen, nach den Fehlern, der Irrung, die das Auge blenden oder mit Wasser füllen.
Die Angemessenheit, die Wut und Worte und Silben und Bilder und Wünsche verschluckt.
So leben, so leben – wieder und wieder gehalten von Unwünschen.
Und die Stille offenbart ihren Schmutz, und sie allein weiß um die Sekunden des Mordes an dem, was nicht sein darf, wo wir Äther über den Körper ziehen, zum Schlaf der Tauben.
Die Suche nach der Wahrheit ist nichts als ein Nichtaufgebenkönnen am eigenen Erstickungsprozeß, mit Worten der Erkenntnis, mit Worten der Poesie, mit Worten der Wissenschaft – und wir sind getröstet und ungestillt.
Die Kultur aber ist unendlich, sie leidet an Wiederholungen der Wiederholung, weil sie aus dem Schmerz ein Bild macht, welches uns erbauen soll – und uns voneinander abtrennt wie die Sehnsucht von der Erfülltheit.
Ich bin süchtig nach ihr, der Travestie, dem Hohn aller Bemühungen.

Die Frau in der Gesellschaft

Band 3746

Band 3755

Band 3782

Maya Angelou
Ich weiß, daß der gefangene Vogel singt
Band 4742

Shulamit Arnon
Die gläserne Brücke
Roman
Band 4723

Ippolita Avalli
Warten auf Ketty
Band 3796

Mariama Bâ
Der scharlachrote Gesang
Roman
Band 3746

Martine Carton
Etwas Besseres als einen Ehemann findest du allemal
Roman
Band 4718

Dagmar Chidolue
Annas Reise
Roman. Band 3755
Ruth hat lange auf den Herbst gewartet
Erzählung. Band 3736

Janina David
Leben aus zweiter Hand
Roman. Band 4744

Sabine Deitmer
Bye-bye, Bruno
Wie Frauen morden
Kriminalgeschichten
Band 4714

M. Rosine De Dijn
Die Unfähigkeit
Band 3797

Anna Dünnebier
Eva und die Fälscher
Roman. Band 4728

Oriana Fallaci
Brief an ein nie geborenes Kind
Band 3706

Felicitas Frischmuth
Die kleinen Erschütterungen
Eine Mutter aus Wörtern
Erzählung
Band 4700

Maria Frisé
Montagsmänner und andere Frauengeschichten
Band 3782

M. Gabriele Göbel
Amanda oder Der Hunger nach Verwandlung
Erzählungen
Band 3760

Franziska Greising
Kammerstille
Erzählung
Band 3765

Fischer Taschenbuch Verlag

fi 20/13 a

Die Frau in der Gesellschaft

Band 4722

Band 3776

Band 3785

Helga Häsing
Unsere Kinder, unsere Träume
Band 3707

Helga Häsing / Ingeborg Mues (Hg.)
Du gehst fort, und ich bleib da
Gedichte und Geschichten von Abschied und Trennung
Band 4722

Elfi Hartenstein
Wenn auch meine Paläste zerfallen sind
Else Lasker-Schüler 1909/1910
Erzählung
Band 3788

Jutta Heinrich
Das Geschlecht der Gedanken
Roman
Band 4711
Mit meinem Mörder Zeit bin ich allein
Band 3789

Eva Heller
Beim nächsten Mann wird alles anders
Roman. Band 3787

Claudia Keller
Windeln, Wut und wilde Träume
Briefe einer verhinderten Emanze
Band 4721
Kinder, Küche und Karriere
Neue Briefe einer verhinderten Emanze
Band 10137

Sibylle Knauss
Erlkönigs Töchter
Roman. Band 4704

Angelika Kopečný
Abschied vom Wolkenkuckucksheim
Eine Liebesgeschichte
Band 3776

Christine Kraft
Schattenkind
Erzählung. Band 3750

Jeannette Lander
Ich, allein
Roman. Band 4724

Rosamond Lehmann
Aufforderung zum Tanz
Roman. Band 3773
Der begrabene Tag
Roman. Band 3767
Dunkle Antwort
Roman. Band 3771
Der Schwan am Abend
Fragmente eines Lebens
Band 3772

Doris Lerche
Eine Nacht mit Valentin
Erzählungen
Band 4743

Dorothée Letessier
Auf der Suche nach Loïca
Roman
Band 3785
Eine kurze Reise
Aufzeichnungen einer Frau. Band 3775

Fischer Taschenbuch Verlag

fi 20/14 b

Die Frau in der Gesellschaft

Band 3784

Band 3779

Band 4737

Hera Lind
Ein Mann für jede Tonart
Roman. Band 4750

Monika Maron
Flugasche
Roman. Band 3784

Johanna Moosdorf
Die Freundinnen
Roman. Band 4712

Jahrhundertträume
Roman. Band 4739

Fahr hinaus in das Nachtmeer
Gedichte. Band 10217

Kristel Neidhart
Scherbenlachen
Eine Liebesgeschichte
Band 3791

Vier Wände gaukeln mir Heimat vor
Erinnerungen
Band 4729

Karin Rüttimann
Schwalbensommer
Roman. Band 4749

Herrad Schenk
Die Unkündbarkeit der Verheißung
Roman. Band 3798

Marlene Stenten
Puppe Else
Band 3752

Die Brünne
Erzählungen
Band 4706

Jutta Strippel
Kreide trocknet die Haut aus
Roman. Band 3733

Monika Tantzscher (Hg.)
Die süße Frau
Erzählungen aus der Sowjetunion
Band 3779

Miriam Tlali
Geteilte Welt
Roman aus Südafrika
Band 4710

Sybil Wagener
Das kleinere Unglück
Roman. Band 3748

Charlotte Wolff
Augenblicke verändern uns mehr als die Zeit
Autobiographie
Band 3778

Flickwerk
Roman. Band 4705

Hedi Wyss
Flügel im Kopf
Roman. Band 3719

Keine Hand frei
Roman. Band 3732

Waśa Solomú Xantháki
Die Hochzeit
Novelle
Band 3793

Yvette Z'Graggen
Zeit der Liebe, Zeit des Zorns
Band 3757

Zerbrechendes Glas
Roman
Band 4737

Fischer Taschenbuch Verlag

fi 20/2 c